Ernst Kuno B. Fischer

Akademische Reden

Ernst Kuno B. Fischer

Akademische Reden

ISBN/EAN: 9783744638319

Hergestellt in Europa, USA, Kanada, Australien, Japan

Cover: Foto ©Andreas Hilbeck / pixelio.de

Weitere Bücher finden Sie auf **www.hansebooks.com**

Akademische Reden

von

Kuno Fischer.

I.
Johann Gottlieb Fichte.
Rede zur akademischen Fichte-Feier, gehalten in der Collegienkirche zu Jena, am 19. Mai 1862.

II.
Die beiden kantischen Schulen in Jena.
Rede zum Antritt des Prorektorats, am 1. Februar 1862.

— —— —

Stuttgart.

Cotta'scher Verlag.

1862.

Johann Gottlieb Fichte.

Rede zur akademischen Fichte-Feier

den 19. Mai 1862

in Gegenwart

Sr. Königl. Hoheit des Großherzogs von Sachsen

gehalten in der Collegienkirche zu Jena

von

Kuno Fischer.

Durchlauchtigſter Großherzog!
Rector Academiae Magnificentissime!
Hochanſehnliche Verſammlung!

In dem Laufe weniger Jahre feiert unſre Univerſität drei große, ihr eigenthümliche und zugleich in dem Andenken der deutſchen Nation lebendige Erinnerungsfeſte. Wenn akademiſche Feſte zugleich nationale ſind, ſo zeugen ſie von einer Univerſität, die in dem Bildungsleben des ganzen Volkes einen bedeutſamen Platz einnimmt. Auf die dritte Säcularfeier Jenas, deren Gedächtniß ſchon ein jährlicher Feſttag unſrer Stadt geworden, folgte das Jubiläum Schillers, das mit uns ganz Deutſchland, ja die Welt in einem Umfange gefeiert hat, den bis dahin noch nie der Name eines Dichters gewonnen. Der heutige Tag, in der Reihe unſerer Jubelfeſte das dritte, gilt einem Denker, der ſich in der Geſchichte unſeres Vaterlandes und unſrer Univerſität unvergeßlich und ehrwürdig gemacht hat durch ſein Leben und ſeine Lehre. Einige der bewegteſten Jahre Jenas und einige der bewegteſten Jahre Deutſchlands ſind mit dem Namen Johann Gottlieb Fichte feſt und für immer verbunden.

Volksthümliches Anſehen geht ſelten zuſammen mit dem Namen eines Philoſophen. Die Philoſophie iſt nicht gemacht die Menge zu gewinnen, noch weniger ihr zu folgen und von der Volksmeinung mit leichter Mühe die Gegenhuldigung zu verdienen. Je tiefer ihr Gedanke eindringt in das Innere des Menschen und der Welt, um so einsamer und verlassener wird ihre Bahn, um so gründlicher findet sie sich der gemeinen Ansicht der Dinge, in welcher von jeher die Menge lebt, entfremdet. Denn gerade die Gegenstände, mit denen das Philosophiren beginnt, sind den Nichtphilosophirenden entweder gleichgiltig oder dunkel. Und so bleibt über diese Dinge der gemeine Verstand entweder gedankenlos oder verworren. Darüber darf man sich nicht wundern und nicht ereifern. Die Natur der Sache bringt es so mit sich. „Die Wenigen, die was davon erkannt, die thöricht genug ihr volles Herz nicht wahrten, dem Pöbel ihr Gefühl, ihr Schauen offenbarten, hat man von je gekreuzigt und verbrannt!"

Kein Volk hat ein größers Genie zum Philosophiren und mehr Philosophen gehabt, als die Griechen, und in der weiten Reihe dieser Denker ist nur ein in einem wahrhaft volksthümlicher Mann gewesen, den die Stimme des Orakels selbst für den weisesten der Menschen erklärte. Und diesen volksthümlichsten aller Philosophen, die je gelebt, haben die Athener als einen Feind der Götter getödtet. Manche der griechischen Philosophen sind um ihrer Lehre willen verfolgt worden, so lange sie lebten, und nach ihrem Tode hat man ihnen Bildsäulen und Altäre errichtet. Das Schauspiel hat sich seitdem oft in der Welt wiederholt. Und die Jubelfeste, die wir jetzt so freigebig feiern, erinnern mich an jene Bildsäulen und Altäre! Die Dankbarkeit ist die Tugend der Nachwelt.

I.

Unter den deutschen Philosophen ist Fichte der einzige, dem eine volksthümliche Größe zukömmt. War etwa zwischen ihm und den Deutschen eine geringere Kluft als sonst zwischen einem tiefen Denker und der Menge? War sein Zeitalter empfänglicher für die Philosophie, oder war er vielleicht durch eine geringere Tiefe seines Denkens dem Zeitalter zugänglicher? Auf welcher von beiden Seiten entdeckt sich der Grund, warum Fichte dem deutschen Volke näher steht als ein andrer Philosoph vor oder nach ihm? Lassen Sie mich auf diese Frage gleich hier eine Eigenthümlichkeit Fichtes hervorheben, die er, so viel ich sehe, vor allen übrigen Philosophen voraus hat. In ihm war Kraft des tiefsten und dem gemeinen Verstande völlig fremden Denkens vereinigt mit der Gewalt herzbewegender Rede. Einer der schwierigsten Philosophen, die es je gegeben, war Fichte zugleich einer der gewaltigsten Redner, welche die Deutschen jemals gehabt haben. Von demselben Mann kommt die Wissenschaftslehre und die Reden an die deutsche Nation. Ich nenne diese beiden Werke nicht als die einzigen, sondern nur als die größten Beispiele dieser in Fichte lebendigen zwiefachen Kraft. Derselbe Mann, der als philosophischer Schriftsteller kaum Einen fand, der ihn begriff, wußte als Redner Tausende zu begeistern und ihre Seelen zu stärken und aufzurichten aus der Tiefe des Elends. In der That, ich wüßte Keinen, der als Denker sich von der Vorstellungsweise der Menge so weit in die Tiefe entfernt, als Redner die Herzen der Menge so energisch berührt hat, der das äußerste Gegentheil eines Popularphilosophen doch im edelsten und nachhaltigsten Sinne des Worts der Populärste aller deutschen Philosophen ist. In der Vereinigung dieser beiden, wie es scheint, entgegengesetzten Charaktere ist Fichte geradezu einzig. Wenn man diese Vereinigung in Fichte versteht, so versteht man den ganzen Mann.

Daß derselbe Mensch in verschiedenen Gebieten Bedeutendes leistet, ist bei dem Reichthum der menschlichen Natur keine überraschende und aus der Mannigfaltigkeit menschlicher Gaben eine leicht begreifliche Erscheinung. Einer Person passen, als ob sie dafür geboren wäre, verschiedene Lebensformen, wie dem Schauspieler eine Menge von Rollen. In seiner Phantasie hat jeder Mensch einen innern Proteus, der leicht beweglich und wandelbar mannigfaltige Gestalten annimmt. So verhält es sich mit Fichtes Doppelnatur nicht. Wenn sich hier der tiefsinnige und schwierige Denker in einen populären Redner und Schriftsteller verwandelt, so geschieht in seiner Natur nichts Neues, es ist kein Uebergang in ein anderes von seinem ursprünglichen Wesen abgelegenes Gebiet, es ist bei diesem Uebergange keine zweite Anlage, keine besondere Kunst, keine Nebengeschicklichkeit im Spiel. Fichtes Natur ist durchaus ein fach. Sie entbehrt die Mannigfaltigkeit der Anlagen für verschiedene Lebensformen, die Fähigkeit zur Verwandlung, dieses diplomatische Talent der menschlichen Natur, so sehr, daß hier die Einfachheit sogar als Einförmigkeit erscheint.

Gewisse Anlagen und Fähigkeiten nicht haben, ist immer ein Mangel und, wenn man will, eine Armuth. Aber diese Armuth ist nicht immer Ohnmacht. So viele Anlagen sind so viele Kräfte, die in einer Natur zu einander gesellt nur in den wenigsten Fällen sich gegenseitig steigern, vielmehr am häufigsten sich bemmen und lähmen, so daß aus keiner Anlage etwas Großes hervorgeht, die wahre Kraft und Tüchtigkeit des Menschen gleichsam aufgezehrt wird von jener vielseitigen Mitgift der Natur und zuletzt die Rechnung des Lebens mit einem dürftigen Ertrage endet. So oft geschieht es, daß der Reichthum arm macht und untüchtig. Wenn nun in einem Menschen sich eine Anlage gewaltig regt, bestimmt zu einer durchgreifenden und mächtigen Wirkung, so ist es gut, wenn andere fehlen, es fehlen dann so viele Hemmungen und Parasiten: alle Lebenskräfte sind hier auf ein Ziel gerichtet, von dem sie einmüthig beherrscht werden, neben der einen Anlage sind andere nicht möglich, weil sie ihr schädlich wären. Eine solche Einförmigkeit ist gewaltig, ein solcher Mangel ist grandios, eine solche Natur, weit seltener als die sogenannten vielseitigen und reichbegabten Menschen, ist wie aus einem Stück gebildet, zu einer Kraftäußerung angelegt, zu einem Zwecke berufen, dem die sich ganz dienstbar macht, auf dessen Erfüllung sie Alles bezieht, in dessen rücksichtsloser Bethätigung sie mit sich selbst völlig übereinstimmt. Hier ist der Mangel keine Entbehrung und wird von Niemand als solche empfunden. Vielmehr man fühlt, daß hier jedes Mehr ein lästiger Ueberfluß, ein Balast wäre, der über Bord zu werfen ist, weil er das Schiff in seinem Laufe hindert. Eine solche Natur will nur eines sein, sie legt die ganze Macht ihres Willens in diese eine Bestimmung, so daß man meinen möchte, hier habe der Wille die Anlage geboren. Das ganze geistige Vermögen einer solchen Natur verwandelt sich in Charakter; was sie als

Anlage besitzt, empfängt dessen Gepräge, wird dessen Werkzeug. Nichts ist dem Charakter gefährlicher als die Fülle der Anlagen, die mit der Willenskraft spielen und sie einschläfern. Nichts ist der Anlage günstiger als der Charakter, der sie braucht, und immer von Neuem in seinen Dienst nimmt. Was er braucht wird durch eben diesen Gebrauch vervielfältigt und aus dem Zustande der bloßen Fähig= keit zur wirklichen Potenz erhoben. Der Charakter ist der größte Multiplicator menschlicher Fähigkeiten, er ist, wenn ich mich biblisch ausdrücken darf, unter den wirksamen Lebens= mächten allein jener treue Knecht, der mit seinem Pfunde wuchert. Die Anlage ist nicht der Maßstab für den Werth des Menschen, auch nicht für seine Macht: es ist der Wille, der die Anlage er= zieht und in sein Organ verwandelt. Hier gilt das Wort: „es sind mancherlei Gaben, aber es ist ein Geist, der da wirket Alles in Allem!"

Und wenn Willensrichtung und Anlage beide in gleicher Höhe einander vollkommen entsprechen, wenn die Anlage eben das leistet, was der Wille fordert, so entsteht was wir ein Charaktergenie nennen. Ein solcher genialer Charakter war Fichte. Damit habe ich den Gegenstand und das Ziel meiner Rede bezeichnet. Ich will, so weit es mir gelingen mag, seinen Charakter darstellen und wüßte auf keine bessere Weise sein Gedächtniß zu ehren. Ich werde die sprechenden Züge seines Lebens und seiner Lehre in dieses Charakterbild auf= nehmen, aber ich werde hier weder sein Leben beschreiben noch seine Lehre vortragen.

II.

In Fichte ist der Redner völlig eins mit dem Philosophen, der Philosoph völlig eins mit dem Charakter, er ist eine geschlossene Persönlichkeit in jedem Sinn, seine Beredsamkeit ist nichts anderes, als der lebendigste, auf den Willen wirkende, die Herzen treffende Ausdruck seiner Philosophie, und diese Philosophie ist nichts anderes, als für diesen Charakter das tüchtigste Werkzeug, um auf seine Zeitgenossen eine große sittliche Wirkung zu machen. Der Grundzug seines Wesens, sagte ein Mann, der ihn kannte und liebte, war die höchste Ehrlichkeit. Die Ehrlichkeit redet unverstellt und ungekünstelt, genau wie sie denkt. Und in diesem Sinne höchster Ehrlichkeit war Fichte der Redner seiner Philosophie.

Was aber sein Leben als dessen erster und letzter Zweck durchgängig beherrscht und nicht einen Augenblick aufgehört hat in seiner Seele gegenwärtig zu sein als die in ihrer Natur gelegene Aufgabe: das war die sittliche ins Große gerichtete Wirkung, welche die Menschen erheben und in ihrem Innern erneuern will. Eine solche Wirkung, in welcher Form sie auch erscheint, ist allemal eine reformatorische That. Es ist in Fichte etwas durchaus Reformatorisches, ein Trieb, der mit der Einbildung und der Sucht nach Scheingröße gar nichts gemein hat, der sich früh in seiner Seele regt als dunkler Thatendrang, als unwiderstehliches Bedürfniß. Dieses Bedürfniß ist sein Genie. Es ist auf seinem Lebenswege der Leitstern, es führt ihn zur Philosophie, erweckt in ihm das Feuer der Beredsamkeit, macht ihn zu dem Denker und Redner, der er geworden.

Das reformatorische Handeln hat einen weiten Schauplatz. Auf allen Gebieten des Lebens treten Wendungen ein und Entwickelungs= epochen, die den Durchbruch neuer Lebensformen herbeiführen. Die gründlichste und tiefste Reform, die es gibt, geschieht in der Gesin= nung, im Willen des Menschen: sie ist eine moralische Erneuerung, eine sittliche Wiedergeburt. Eine solche Reformation ist die Grundlage aller übrigen, denn alle übrigen sind nothwendig in ihrem Gefolge; sie ist in ihrer Wurzel allemal religiös und in der Form der Religion beschreibt sie ihre weiteste Sphäre. Was sich in Fichte mit ursprüng= licher Kraft regt, war ein religiöser Thatendrang.

Die Menschen leben immer nach einem Bilde, das sie in ihrem Innern von sich selbst und ihrer Bestimmung haben, das als gemein= samer Typus ganze Zeitalter und Völker beherrscht und sich in der Empfindungs= und Handlungsweise der Menschen bethätigt. In diesem Bilde geschieht die sittliche Wiedergeburt, hier nimmt sie ihren Anfang, sie ist wirklich eine Umbildung. Die sittlichen Reformatoren legen die Axt an das herrschende Bild, wie Bonifacius an die Eiche, sie stürzen es um und werfen es unter die Götzen. Sie werden die Schöpfer des neuen Bildes, das sie einprägen in die Seelen der Menschen. Wer dieses neue Bild in sich selbst verkörpert, so daß es lebt, nicht bloß Bild, sondern leibhaftiger Mensch ist, der wirkt reli= giös. Und unter allen sittlichen Wirkungen ist diese die lebendigste und darum bei weitem die tiefste. Wer dieses neue Bild in seiner Einbildungskraft formt und in der Einbildungskraft der Menschen lebendig macht, der wirkt reformatorisch als Dichter und Künstler. Wer es in Gedanken ausbildet, als eine neue Idee faßt und entwickelt, der reformirt die Philosophie, und wenn er diese Idee in den Willen einführt und in ein wirkliches Lebensmotiv verwandelt, so reformirt er durch Philosophie. Und in diesem Sinne war Fichte ein Reformator.

Allerdings bezeichnet Fichte auch in der Entwickelung der deutschen Philosophie einen wichtigen Durchgangspunkt, den er selbst und manche seiner Zeitgenossen für einen Anfangspunkt hielten. Den Anfang der neuesten Philosophie in ihrem ganzen Umfange hat Kant gemacht, unter dessen ersten Nachfolgern Fichte der kühnste und unab= hängigste war. Das Verhältniß beider will ich an dieser Stelle so ausdrücken: Kant hat die Philosophie reformirt, Fichte wollte durch die kantische Philosophie reformiren. Das war seine geschichtliche, ihm selbst klar bewußte Aufgabe. In der Lösung dieser Aufgabe liegt seine geschichtliche Bedeutung. Kant war ausschließend mit der Ent= deckung und Ausbildung seines Systems beschäftigt, er war der Typus eines Gelehrten, eines zurückgezogenen einsamen Denkers, der ganz in die Form eines deutschen Professors paßte. Fichte ergriff die kan= tische Philosophie von vornherein in einer höchst eigenthümlichen und keineswegs schulmäßigen Weise. Wie er sie kennen lernt, so erscheint sie ihm nicht blos als eine neue Wahrheit, sondern als ein Heilmittel gegen das sittliche Verderben der Menschen. Die Art, wie diese Philosophie ihm einleuchtet, ist nicht blos Aufklärung, son= dern ganz eigentlich Bekehrung. Es wird ihm ein Herzensbedürf= niß, nach dieser Idee Menschen zu bilden. In seiner Lebensrichtung, wie in seiner Bildungsweise liegt nichts von der Art eines deutschen Gelehrten, welche in Kant die vorherrschende war. Rechne man immer zu dieser Art auch die Größe der Gelehrsamkeit und den äußern Umfang des Wissens. Für Fichte war die Philosophie weniger ein Object als ein Instrument zur Menschenbildung. Er empfängt die kantische Lehre nicht wie ein Schüler vom Meister das vorgebildete System, nach dessen Richtschnur er sich fügt, sondern wie ein Jünger die Mission, die zu erfüllen und mit seinem Leben zu besiegeln er in sich die Kraft und den Beruf findet. So ist die kantische Philosophie nur von Fichte ergriffen worden. Darum hat er, wie kein anderer, sie fortgebildet und gelehrt. Diese Lehrart machte ihn auch auf dem Katheder groß und erzeugte jene hinreißende Wirkung, die uns unmittelbare Zeugen geschildert haben, und die wir selbst noch aus seinen Schriften nachempfinden. Ihm war jede Lehrstunde nicht wie ein Amtsgeschäft, das er verrichtet, sondern wie eine Mission, die er erfüllt und von der nicht ein Augenblick verloren geben darf. Er lehrte die Philosophie nicht blos, er predigte sie. Sein Katheder hätte im Laufe des Vortrags jetzt eine Kanzel, jetzt eine Tribüne sein können. „Er spricht nicht schön," so schildert ein Zeitgenosse seine Art zu reden und zu lehren, „aber seine Worte haben Gewicht und Schwere. Seine Grundsätze sind streng und wenig durch Humanität gemildert. Wird er herausgefordert, so ist er schrecklich. Sein Geist ist ein unruhiger Geist, er dürstet nach Gelegenheit, viel in der Welt zu handeln. Sein öffentlicher Vortrag rauscht daher wie ein Gewitter, das sich seines Feuers in einzelnen Schlägen entladet, er erhebt die Seele, er will nicht blos gute, sondern große Menschen machen; sein Auge ist strafend, sein Gang trotzig, er will durch seine Philosophie den Geist des Zeitalters leiten, seine Phantasie ist nicht blühend, aber energisch und mächtig, seine Bilder sind nicht reizend, aber kühn und groß. Er dringt in die innersten Tiefen des Gegen=standes und schaltet im Reich der Begriffe mit einer Unbefangenheit, welche verräth, daß er in diesem unsichtbaren Lande nicht blos wohnt, sondern herrscht."

III.

Diese herrschende Art kann nur auf einer einzigen Grundlage ruhen, auf der Festigkeit der eigenen Ueberzeugung, die jeden Zweifel an sich und damit jedes Zugeständniß an eine fremde Mei=nung schlechterdings ausschließt. In einer solchen Natur ist die Ueber=zeugung das Erste. Von hier aus empfängt die ganze übrige Wirk=samkeit ihre Macht, sie ist in jedem Momente getragen von der Gewalt der Ueberzeugung. Fichte gehört zu den Menschen, die durch ihren Glauben stark sind, und die schwach und ohnmächtig werden, sobald ihr Glaube aufhört, der stärkste zu sein. Die Ueberzeugung eines Philosophen ist Sache des Denkens, sie ist Einsicht, deren Stärke mit dem Grade der Klarheit wächst und von dieser erzeugt wird. Die Herzen solcher Menschen werden vom Kopfe erleuchtet, hier ist der nächste Grund der Wärme das Licht; an der Klarheit in den Gedanken entzündet sich das Feuer im Herzen. Fichte selbst sagt irgendwo: „bei mir geht die Bewegung des Herzens nur aus voll=kommener Klarheit hervor, es kann nicht fehlen, daß die errungene Klarheit zugleich mein Herz ergreift." Das ergriffene Herz ist immer in leidenschaftlicher Bewegung. Und so war Fichtes Art: seine

Ueberzeugungen waren seine Leidenschaften, und, so viel ich sehe, hat er nie andere Leidenschaften gehabt, als diese. Die Philosophie ist Liebe zur Weisheit. Diese Liebe muß so gut wie jede andere auch eine Leidenschaft sein können. Sie war es bei Fichte. Einer Natur wie dieser hätte Plato Schwierigkeit gehabt, den politischen Ort in seinem Staat zu bestimmen. Nur unter die Geschäftsleute würde er ihn gewiß nicht gebracht haben. Für das χρηματιστικόν war in Fichte gar keine Anlage. Aber das λογιστικόν war in ihm mit dem θυμοειδές in gleicher Stärke verbunden, und zu der Philosophenseele hatte sich hier eine Kriegerseele so innig gesellt, daß selbst Plato die eine von der andern nicht hätte scheiden mögen. Hat doch Fichte selbst den Philosophen mit dem Krieger tauschen, hat er doch beide mit einander vereinigen wollen, als er den König bat, ihn als Feldprediger mit in die Schlacht zu nehmen!

Man begreift, wie Fichte, um nur in seiner Weise überhaupt wirken zu können, ein Philosoph werden mußte, wie in ihm das Bedürfniß mächtig war nach der höchsten selbsterrungenen Klarheit der Gedanken. So konnte er unmöglich bei einem überlieferten System stehen bleiben, unmöglich die Lehre eines Andern blos empfangen, er mußte sie erst aus sich selbst wieder erzeugen, in sich erleben und zu vollkommener Klarheit ausbilden, wenn sie als thatkräftige Ueberzeugung in ihm fortwirken sollte. Nehmen wir nun, daß in der kantischen Philosophie wirklich etwas Unklares zurückgeblieben war, so mußte sie hier in Fichte den stärksten Widersacher finden, der nicht ruhen konnte, bis er jenes dunkle Element durchdrungen und in Klarheit aufgelöst hatte. Gerade diesem Bedürfniß

nach Klarheit mußte das Gegentheil in seiner ganzen Stärke ein=
leuchten. Von diesem Charakter, der die höchste Uebereinstimmung
in seinen Begriffen brauchte, mußte der Widerspruch als schlechter=
dings unerträglich empfunden werden.

Ein solcher Widerspruch begegnet ihm in der kantischen Philo=
sophie. Das ganze System ist in seiner Grundlage eine neue Theorie
der menschlichen Erkenntniß. Die Thatsache der Erkenntniß ist in
ihre Elemente aufgelöst, diese sind auseinander genommen, der In=
halt ist von der Form genau unterschieden. Jener ist von Außen
durch die Sinne gegeben, diese von Innen durch die Vernunft hinzu=
gefügt. So erscheint der Grund der Erkenntniß getheilt: als Grund
der Erkenntnißform erscheint die Vernunft in uns, als Grund des
Erkenntnißstoffs ein Wesen außer uns, ein Unerkennbares, ein Ding
an sich. So endet die kantische Lehre in einem Dualismus, in einem
Zwiespalt der Begriffe, in einem Gegensatz zwischen der menschlichen
Vernunft und dem Dinge an sich. Hier verdunkelt sich das ganze
System und berechtigt von neuem den Zweifel an der Möglichkeit
der Erkenntniß, den es für immer wollte aufgehoben haben. Auch
fehlte es nicht der kritischen Philosophie gegenüber an einem neuen
Aenesidemus. Diese Bedenken leuchten Fichte ein, der zugleich
von der Wahrheit der kritischen Philosophie durchdrungen ist. Er
muß den Zweifel besiegen, um seine Ueberzeugung zu retten. Den
Zweifel besiegen heißt in diesem Fall, den Dualismus überwinden,
die Vernunft von dem Dinge an sich erlösen, in ihr den alleinigen
Grund der Erkenntniß entdecken. Der Grund des Wissens kann nur
einer sein, oder es gibt im Ernste kein wirkliches Wissen. Diese

Alternative erhebt sich vor Fichte mit der größten Bestimmtheit. Die Entscheidung ist keinen Augenblick zweifelhaft. Schon diesem Charakter ist der Ausweg in den Skepticismus nicht möglich. Die Aufgabe ist deutlich bezeichnet: die kritische Philosophie muß in Uebereinstimmung mit sich selbst gebracht werden, indem das Wissen aus einem einzigen Princip erklärt wird. Diese Erklärung gibt die Wissenschaftslehre, sie ist Fichtes eigenthümliche und originelle philosophische That, sie ist zugleich ein Werk und Ausdruck seines Charakters. Ein einziges Princip muß der ganzen Vernunftwelt zu Grunde gelegt und diese daraus abgeleitet werden. Die Einheit darf nicht Halbheit sein. In der Halbheit bestand die Schwäche Reinholds, der zuerst in seiner Elementarphilosophie den Versuch gemacht, die Einheit in die kritische Philosophie einzuführen, aber dabei nur die theoretischen Vermögen im Auge gehabt hatte. Hier ist der Punkt, wo Fichte in die Ent= wickelungsgeschichte der deutschen Philosophie eingreift, er löst in seiner Wissenschaftslehre die Zweifel, welche der neue Aenesidemus gegen Kant erhoben hatte, er vollendet was Reinhold begonnen, er wird dessen Nachfolger auf dem Katheder in Jena, und bald erklärt Reinhold seinen Nachfolger für seinen Meister.

IV.

Lassen Sie mich an dieser Stelle die Wissenschaftslehre selbst und damit die eigentliche philosophische Werkstätte Fichtes etwas näher betrachten. Ich kann den schwierigen Gegenstand hier unmöglich er= schöpfen und werde deßhalb auch nicht unternehmen, die Sache ins

Einzelne zu führen. Dazu gehörte eine Reihe von Vorträgen, für welche hier am wenigsten der Ort ist. Aber eine deutliche Vorstellung von der Wissenschaftslehre zu geben, bin ich Ihnen und dieser Rede schuldig. Denn wäre die Wissenschaftslehre, wofür sie noch heute bei den Meisten gilt, ein gänzlich unhaltbares, ihrem Urheber selbst unklares Lehrgebäude, so müßte ich Alles zurücknehmen, was ich von Fichte gesagt, ich müßte erklären, daß dieser Mann zwar das Bedürfniß nach höchster Klarheit empfunden, auch danach gerungen habe, aber schon im ersten Anlauf bedauerlich gescheitert sei. So muß ich mir gefallen lassen, daß Sie an dem Charakter zweifeln, den ich hier schildre, und ich werde dann umsonst geredet haben.

Man braucht in der That nicht den weiten Weg durch die Geschichte der Philosophie zu nehmen, um die Entstehung der Wissenschaftslehre zu begreifen. Sie erhellt aus den einfachen und natürlichen Bedingungen, unter denen überhaupt die Aufgabe der Philosophie steht. Ich will diese Nothwendigkeit Jedem klar machen, der so viel unbefangenen Sinn hat, um sich in den Geist dieser Aufgabe zu versetzen. Soll die Philosophie leisten, was sie von ihrem Ursprunge an zu leisten gesucht hat und was ein tiefes Bedürfniß der menschlichen Natur fordert, soll sie eine Erklärung seyn von dem Zusammenhang der Erscheinungen, so muß sie von einem Princip ausgehen, von einem wirklich ersten Grunde. In diesem ersten Grunde darf kein Zwiespalt stattfinden. Er darf nicht zerfallen in eine solche Zweiheit oder Mehrheit von Principien, die sich gegenseitig dergestalt ausschließen, daß sie nicht mehr in einen Begriff zusammengefaßt werden können, daß sie den Zusammenhang und damit die Erkenntniß aufheben. In der Begriffswelt ist es unmöglich, daß es an einem Punkte dunkel und sonst vollkommen hell ist. Wenn sich das Princip verdunkelt, so verdunkelt sich nothwendig das ganze System. Darum fordert die Philosophie die Einmüthigkeit des Grundgedankens.

Nun werden uns zur Erklärung zwei Welten gegeben, um deren Zusammenhang es sich handelt: eine Außenwelt und eine Innenwelt, jene möge schlechtweg Natur, diese schlechtweg Geist heißen. Dort erscheint die Nothwendigkeit, hier die Freiheit als das wirksame Princip. Setzen wir nun die Einmüthigkeit des Princips als in der Aufgabe der Philosophie enthalten voraus, so kann die Lösung eine doppelte sein in entgegengesetzter Richtung. Jenes einmüthige Princip ist entweder das Wesen der Natur oder das Wesen des Geistes, entweder Nothwendigkeit oder Freiheit.

Wird Alles erklärt aus dem e i n e n Naturgrunde, der außer uns und unabhängig von uns besteht, so ist die Erklärungsweise durchgängig naturalistisch. Es wird dabei vorausgesetzt, daß jener Naturgrund erkennbar ist. Diese Erkennbarkeit gilt auf guten Glauben. So ist die Erkenntißtheorie durchgängig dogmatisch. In diesem Sinne naturalistisch und dogmatisch waren im Grunde alle Systeme vor Kant. Ist jener Naturgrund nicht das Wesen, von dem Alles abhängt, aus dem Alles nach wirkender Causalität folgt? Wie kann dieser Naturgrund jemals Object werden, erkennbares Object? Ist ein Object auch nur denkbar ohne ein Wesen, dem es Object ist? Ohne ein Wesen also, das sich ihm gegenüberstellt und eben dadurch seine eigene Selbständigkeit darthut? Nun ist in dem natürlichen Causalzusammenhang der Dinge für eine solche Selbständigkeit nirgends ein Platz. Wenn Alles Natur ist, so giebt es keine Natur als Object, d. h. keinen Naturalismus, denn es giebt kein Wesen, welches im Stande wäre, die Natur zum Object zu machen. Aus der wirkenden Natur folgt nie die erkennbare, so wenig als aus dem bloßen Raum die Mathematik oder aus der Materie der Materialismus. Welcher Art die naturalistischen Systeme auch sind, keines erklärt die Erkenntniß, keines vermag dieselbe zu erklären, jedes müßte sie folgerichtigerweise leugnen und mit dem Skepticismus enden.

Die zu erklärende Welt ist die Welt, die wir vorstellen, die Welt als Object, keine andere. Erklärt man nun die Welt so, daß es unbegreiflich bleibt, wie sie jemals Object werden kann, so hat man eine Welt erklärt, die gar nicht existirt. Also das erste Princip der Philosophie kann kein anderes sein, als die Bedingung, unter der es überhaupt Objecte giebt. Und diese Bedingung? Nun es ist sonnenklar, daß die Gegenstände ein Wesen voraussetzen, das sich von ihnen, sie von sich unterscheidet; daß es ohne Bewußtsein keinen Gegenstand und ohne selbstthätiges Unterscheiden kein Bewußtsein giebt, daß also das Erste in der Philosophie die Selbstthätigkeit ist, die aus sich entspringt und alles Andere zum Object macht. Diese Selbstthätigkeit nannte Fichte Selbstbewußtsein oder Ich.

Die wirkliche Welt ist die sinnliche, wahrnehmbare, vorgestellte. Zu ihrer Erklärung erscheinen zunächst zwei Principien denkbar: die Natur oder das Ich. Das erste Princip in seiner Einmüthigkeit hat am folgerichtigsten Spinoza, das andere Fichte entwickelt. Und das letztere ist in diesem Gegensatze das siegreiche. So konnte Fichte sagen, daß es überhaupt nur zwei consequente Systeme gebe, Spinozas Lehre und die feinige, daß von diefen beiden die erfte falfch und die zweite richtig fei.

Hier treffen wir nun auf jene vielberufenen Säße, welche die Wiffenfchaftslehre begründen, vom Ich und Nicht-Ich. Warum hat Fichte gefagt: „Das Ich feßt fich felbft?" Weil das Ich eine That ift, die nicht als Sache endet, fondern als Handlung fich immer wieder erneut. Das Ich ift keine Thatfache, fondern eine Thathandlung. Warum fagt Fichte: „Das Ich feßt das Nicht-Ich?" An diefem Saße hat man von jeher den meiften Anftoß genommen. Er übertrage die Schöpfung der Dinge auf das menfchliche Ich, und fo fei diefer Saß in Einem zugleich höchft ungereimt und höchft gottlos. Man vergißt, daß es fich in der Wiffenfchaftslehre zunächft nicht um die Dinge, fondern um unfer Wiffen von den Dingen handelt. Was kann unter dem Nicht-Ich auch anderes verftanden werden, als was das Ich von fich unterfcheidet, als die vom Ich unterfchiedene, d. h. die objective Welt, die Welt als Object, als Vorftellung? Nun befinne man fich doch einen Augenblick! Wird Jemand widerfprechen, wenn ich fage: gibt es keine Sinne, fo gibt es auch keine finnliche Welt? Nehmt das Gehör weg, und die Welt verftummt, die Blitze werden noch leuchten, aber nicht mehr donnern, das Meer wird fich noch bewegen, aber nicht mehr raufchen! Nehmt das Auge weg, und es gibt keine fichtbare Welt mehr! Nun? Gilt nicht eben fo gut: Hebt das Selbftbewußtfein auf, und es gibt keine objective, vorgeftellte, erkennbare Welt mehr, keine Welt als mein Object, keine Welt als Nicht-Ich? Ohne Ich keine objective Welt, ohne Ich kein Nicht-Ich, oder pofitiv gefagt: das Ich feßt das

Nicht-Ich. Ist das nicht eine höchst einfache, Jedermann einleuchtende Wahrheit? So einfach, sollte man meinen, daß die Welt nicht hätte auf Fichte zu warten gebraucht, um sie zu hören. Und doch hat sie diese einfache Wahrheit auch nach Fichte kaum begriffen. Denn das Nichtdenken ist für die meisten Menschen immer noch einfacher, als die einfachste Wahrheit. Die Selbstvergessenheit ist der tiefste Grund unsrer Irrthümer. So lange man in der Betrachtung der Himmels-körper an die Bewegung des eigenen Planeten nicht denkt, glaubt man an die Bewegung der Sonne, und das Gegentheil erscheint als Unsinn, als Widerspruch gegen den gesunden Menschenverstand, der nach dem Augenschein geht. Und so lange man in der Betrachtung der Dinge überhaupt an die Selbstthätigkeit des eigenen Ich nicht denkt, erscheint was man selbst thut als etwas von außen Gegebenes.

V.

Darum ist der Anfang der Philosophie die Selbstbesinnung, das wirkliche in Kraft gesetzte Selbstbewußtsein. Das Selbstbewußtsein ist eine That, die kein Anderer für mich verrichten kann, die ich selbst thun muß, nicht um sie gethan zu haben, sondern um sie stets von Neuem zu vollziehen. Es ist die That, welche den Menschen aus dem, was er ist, zu dem macht, was er blos durch sich ist: es ist im Menschen das schlechthin unabhängige, unbedingte, ur-sprüngliche Selbst, unter allen Thaten die eigenste, darum die ge-wisseste, darum der Grund aller übrigen Gewißheit, mithin das Princip der Philosophie.

Jetzt erst weiß die Philosophie, wie sie anfängt. So lange sie mit einem Satze beginnt, liegt auf ihrem Anfange eine unauflösliche Schwierigkeit, aus der schon die alten Skeptiker einen ihrer wichtigsten Einwände gegen die Möglichkeit der Erkenntniß gemacht haben. Denn ein Satz ist entweder beweisbar oder unbeweisbar, im ersten Fall hört das Beweisen nicht auf, im zweiten fehlt es gänzlich, dort hat der Beweis keinen Anfang, hier hat der Anfang keinen Beweis, und so ist es in beiden Fällen der Philosophie unmöglich, den ersten Schritt zu thun. Fichte entdeckt den Ausweg. Die Philosophie be= ginnt überhaupt nicht mit einem Satz, sondern mit einer That. Er konnte mit den Worten des Goetheschen Faust sagen: „Mir hilft der Geist, auf einmal seh' ich Rath, und schreib' ge= trost: im Anfang war die That!"

Dieser Anfang ist für Fichte und seine ganze Lehre durchaus charakteristisch. Es ist ein Unterschied zwischen dem Ich als Indi= viduum und dem Ich als Selbstbewußtsein. Was ich als dieses In= dividuum bin, so geboren, geartet, erzogen, durch Welt und Ver= hältnisse bestimmt, das alles bin ich geworden aus Ursachen, die nicht ich selbst bin, die nicht meine eigene bewußte Thätigkeit waren. Das Selbstbewußtsein ist meine eigene That. Diese That verändert meinen Zustand, macht aus mir ein andres Wesen als ich war, ver= wandelt meine Abhängigkeit in Freiheit. Das ist kein Wechsel äußerer Zustände, sondern eine Veränderung im Innersten meines Wesens, eine Einkehr in dessen Tiefe, eine Erneuerung aus dem Ursprung des Geistes, mit einem Wort eine wirkliche Wiedergeburt! Was ist gegen eine solche That ein Satz, welcher es auch sey? Einen Satz kann ich empfangen, ich kann an ihn glauben, ihn begreifen, und bleibe dabei doch der ich bin, er verändert mich nicht, und was auch in meinem Verstande vor sich geht, in der Tiefe meines Wesens erzeugt sich auf diesem Wege nichts Neues. Und wie? Wenn die Philosophie darin der Religion ähnlich wäre, daß auch sie, um lebendig zu werden, einen neuen Menschen verlangt? Descartes hatte gesagt, man müsse in der Philosophie wieder einmal die Sache ganz von vorn anfangen, man müsse sie von Grund aus erneuern. Fichte forbert, daß man zur Philosophie sich selbst gleichsam von vorn anfangen, sich selbst von Grund aus erneuern müsse. Die Wahrheit gehört zum ewigen Leben. Der Weg zu beiden geht durch die innere Umwandlung des Menschen, durch die sittliche Wiedergeburt. Und in dem Anfange der Fichteschen Philosophie ist etwas wie das Wort der Schrift: thue das, so wirst du leben!

Die That ist eine Sache des Willens. Sie ist kein Schluß, sondern ein Entschluß. Daß ich mich entschließen solle, kann mir nicht bewiesen, sondern nur von mir gefordert werden. Darum beginnt die Fichtesche Philosophie mit einer Forderung an den Menschen. Ihre Forderung heißt: Setze dein Ich, werde dir deiner bewußt, wolle selbständig seyn, mache dich frei, und fortan sey alles was du bist, denkst und thust, in Wahrheit deine eigenste That!

Wie in Fichtes eigener Natur ein reformatorischer Trieb, ein religiöser Thatendrang das Ursprüngliche ist, so macht eine reformatorische That den Ursprung seiner Philosophie. Man solle sich entschließen, den Uebergang zu machen aus dem Zustande der Unfreiheit in den der Freiheit, nur daß die Freiheit kein Zustand ist, sondern lauter Leben und hervorbringende Thätigkeit. Was ich nicht durch mich selbst bin, das bin ich nicht selbst. Und ich bin nur selbst was ich thue. Die ganze Fichtesche Philosophie ist erfüllt von dem Worte: frei sein ist nichts, frei werden ist der Himmel! Handlung ist Anfang und Ende der Freiheit. Auf die Frage, wie beginnt die Freiheit? sagt Fichte mit dem Goetheschen Faust: „im Anfang ist die That!" Auf die Frage: wie vollendet sich die Freiheit? wird er mit dem Goetheschen Faust antworten: „das ist der Weis= heit letzter Schluß, nur der verdient die Freiheit und das Leben, der täglich sie erobern muß." In einem seiner Briefe an Reinhold er= klärt Fichte selbst: „mein System ist vom Anfang bis zu Ende nur eine Analyse des Begriffs der Freiheit, und es kann in ihm diesem nicht widersprochen werden, weil gar kein anderes Ingredienß hinein= kommt."

Nun ist der Uebergang von der Unfreiheit zur Freiheit kein Wechsel der Zustände, also kein allmäliger Uebergang, sondern ein Abbruch, der Beginn eines neuen Daseins, ein wirklicher Anfang, eine wahrhaft spontane That. Und hier begreift sich in ihrem ganzen Umfange die Schwierigkeit der Fichteschen Lehre. Es ist etwas in der menschlichen Natur selbst, was sich gegen diese Lehre und ihre Forderungen sträubt: das ist des Menschen Liebe zur Abhängigkeit und zu der bequemen Art des zuständlichen Daseins, die Trägheit der menschlichen Natur, die Fichte aufs äußerste bekämpft und die mit verstärktem Gegendruck seinen kühnen Angriffen Widerstand leistet. Das Leben des Philosophen war ein beständiger Kampf mit der in allen Neigungen des Menschen tief eingewurzelten Macht des zustänb=

lichen Lebens, „das heute gilt, weils gestern hat gegolten," und das unter der Höhe des selbstbewußten Handelns verläuft. Wer unter dem Berge wohnt, der kann nicht die lebendige Anschauung haben von der Gegend, die auf dem obersten Gipfel des Berges erscheint. Will er selbst sehen, so kann ich nur rathen: steige empor! Und ähnlich sagt die Fichtesche Philosophie zu jedem der sie kennen lernen will: steige empor, erhebe dich auf die Höhe des Selbstbewußt= seins, erkühne dich frei zu sein! Es kostet den Bruch mit den Mächten, die das Leben abhängig und eben dadurch leicht machen. Diese Mächte sind nicht unser Joch, sie sind unsre Neigung. Es kostet einen opferfreudigen Entschluß, zu dem vor Allem Muth gehört als die erste Bedingung zu der That, welche die Fichtesche Philosophie zu ihrem Verständniß fordert. Fichte wußte wohl, warum seine Lehre dem Zeitalter so schwer fiel, warum so wenige für sie empfäng= lich waren: nicht aus Mangel an Verstand, sondern aus Mangel an Muth! Oder vielmehr der erste Mangel war die Folge des zweiten. Hier entdeckte Fichte den geheimsten und hartnäckigsten Grund, aus dem seiner Lehre so viele Widersacher hervorgingen. Aus ihren Gegen= reden hörte er die Charakterschwäche heraus als das eigentliche Motiv, das diese Leute gegen ihn aufbrachte. Darum erschienen ihm seine Feinde nie furchtbar, aber meistens verächtlich; wenn er sich ver= theidigen soll, greift er die Gegner an, in dem Ton seiner Polemik mischt sich mit dem Zorn die Geringschätzung, und die vollkommene Ueberzeugung, die er hat, von der Erbärmlichkeit des Andern, giebt seiner Sprache den schonungslosen und durchbohrenden Ausdruck, dem man es anhört, daß er nicht beleidigen oder ärgern, sondern nieder=

schmettern, züchtigen, strafen will. Strafend ist der Grundton
seiner Polemik, direct ihre Richtung. Sie hat etwas von der
sittlichen Gewalt Lessings, aber nichts von dessen spielender Art, den
Gegner zu widerlegen und zu besiegen. Fichtes Sprache war die
treffende für uneble Gegner, wie er deren viele hatte. Gegen diese
gilt die Lessingsche Vorschrift: „positiv gegen den Stümper und so
verächtlich als möglich gegen den Kabalenmacher!" Auf diese Art ver=
stand sich Fichte, und sie paßte ihm gut. Als er mit seinem ersten
Gegner in Jena für immer abschließen wollte, gab er folgende Erklärung:
„meine Philosophie ist nichts für ihn aus Unfähigkeit, so wie die
seinige mir nichts aus Einsicht. Ich erkläre alles, was er von
nun an über meine philosophischen Aeußerungen entweder gerade zu
sagen oder insinuiren wird, für etwas, das für mich gar nicht da
ist, erkläre ihn selbst als Philosophen in Rücksicht auf mich für nicht
existirend."

VI.

In der Ueberzeugung liegt bei Fichte der Schwerpunkt seines
Daseins. Die Philosophie ist ihm das Instrument, sich Ueberzeu=
gungen zu verschaffen. Diese sind unsere selbstbewußte eigenste That,
sie sind als solche unabtrennbar von dem eigensten Selbst, sie sind
wie dieses unmittelbar und unerschütterlich gewiß. Sie sind oder
sollen sein wie der Glaube, der von sich sagt: hier steh' ich, ich kann
nicht anders! Von diesem „ich kann nicht anders" war Fichte ganz
durchdrungen. Meine Ueberzeugung bin ich selbst, und jeder Zwiespalt

zwischen meinem Selbst und meiner Ueberzeugung ist ein Zweifel, der die letztere aufhebt. Die Ueberzeugung ist nothwendig ausschließend. Wenn sie es nicht ist, wenn neben ihr auch noch eine andere und eine dritte Recht haben darf, so heißt das so viel als: ich habe eine Ueberzeugung und glaube zugleich, daß ich sie nicht habe. Ein solcher Widerspruch ist Fichte nach seiner ganzen Natur unmöglich. Eine solche Denkweise erscheint ihm nicht liberal, sondern charakterlos. Ich vergesse sie nie jene Stelle gegen Reinhold, wo er die gefällige Tugend des Geltenlassens zurückweist: „Sie sagen, der Philosoph solle denken, daß er als Individuum irren könne, daß er als solcher von Anderen lernen könne und müsse. Wissen Sie, lieber Reinhold, welche Stimmung Sie da beschreiben? die eines Menschen, der in seinem ganzen Leben noch nie von etwas überzeugt war."

Eine solche Unbeugsamkeit der eigenen Einsicht, eine solche grandiose Art, an seine Sache zu glauben, mag Vielen als Hochmuth und Eigensinn erscheinen. Den Zeitgenossen Fichtes waren solche Vorwürfe geläufig. Auch ist es natürlich, daß ein Mann, wie dieser, der nur in seinen Gedanken lebt und in diese förmlich einwurzelt, der von fremdem Lichte nichts braucht und nichts borgt, darüber eine gewisse Einseitigkeit und Starrheit annimmt, daß er im Sinne der geselligen Freiheit illiberal und unbequem erscheint, daß ihm überhaupt mancherlei von dem fehlt, was die Welt liebenswürdig nennt. Aber was gelten alle gesellige Vorzüge der Welt gegen die Tugend, von etwas ganz durchdrungen zu sein? Eine einzige Ueberzeugung, die feststeht und das Leben erfüllt, ist mehr, bei weitem mehr werth, als tausend Vorstellungen, mit denen wir spielen. Diese tausend Vorstellungen, in denen der Geist hin und her schillert, geben den Schein des Reichthums, der viele blendet. Der Dilettantismus soll bei dem bleiben, was die Leute ihre Talente nennen! Wenn er in die Ueberzeugungen der Menschen einbricht, so verwüstet er das ganze innere Leben, die Schwankungen greifen bis an die Wurzel des Menschen und richten zuletzt auch seine Fähigkeiten zu Grunde. Aus dem Wechsel der Ueberzeugungen, die dem Leben Bestand und Inhalt geben, ist noch Keiner ohne Bruch hervorgegangen.

Diesen Punkt muß man im Auge behalten, um Fichte zu wür= digen. Ueberzeugung ist Macht und Bildung, die weiter reicht als die sogenannten Talente, die auch in den gesunkensten Zeitaltern nie gefehlt haben. Also weckt in den Menschen vor Allem Ueberzeugungen! Aber diese sind nur in dem Grade fest, als sie unsere eigene That sind; unsere Bildung ist in eben dem Grade echt und wirksam, als sie aus unserem eigenen Wesen selbstthätig erzeugt worden und das Gegentheil ist von jeder Art der Abrichtung. Wer also die Menschen fähig machen will, Ueberzeugungen zu haben, muß vor Allem ihre Selbstthätigkeit wecken, alle Bildungsstoffe in Selbstthätigkeit ver= wandeln; was sich in diese nicht verwandeln läßt, als todt und un= fruchtbar bei Seite lassen. Mit einem Worte: wer die Menschen reformiren will, muß sie erziehen. Darum fordert Fichte eine neue Erziehung, die das ganze Volk umfaßt und mit dem Geiste der Selbstthätigkeit das ganze Reich der Schule durchdringt von der untersten Stufe bis zur höchsten. Und auf der untersten Stufe, wo sie am schwersten ist, begann in jener Zeit die Reformation der

Erziehung durch einen Mann, der Fichtes Freund war und einer der größten Wohlthäter der Menschheit: Fichte wollte der Reformator der Universitäten werden, Pestalozzi wurde der Reformator der Volkserziehung.

Seit den großen griechischen Philosophen ist der Gedanke nicht mehr dagewesen, die Welt durch Erziehung und die Erziehung durch Philosophie zu reformiren. Pythagoras hat der Philosophie diese reformatorische Richtung gegeben, seine Schule war ein Bund, in dem sich der Gedanke des Staates gleichsam vorbildlich verkörperte. Sokrates wollte nichts anderes, als durch das geweckte selbstthätige Denken die klaren Begriffe erzeugen, denen das sittliche Handeln nothwendig folgt, aus der Einsicht die Tugend lösen, die dem Staate von Innen heraus den festen Bestand und die wahre Form gibt. Diesen Gedanken ergriff Plato und führte ihn aus. Er sah, daß die schon verfallende griechische Welt einer neuen sittlichen Grundlage bedurfte. Um die Griechen zu retten und ihre nationale Selbstständigkeit zu bewahren, schrieb Plato seinen Staat, der sich aufbaut aus neuen Bürgern auf der Grundlage einer neuen Erziehung, die von der richtigen Einsicht, von der Weisheit selbst, ausgeht. Durch die Philosophie eine neue Erziehung, durch diese Erziehung neue Bürger, durch diese Bürger einen neuen gegen die Thorheiten und Leidenschaften der Menschen sicher gegründeten Staat, in welchem der Dämon, der die Staaten von Grund aus zerstört, von Grund aus vernichtet ist: die menschliche Selbstsucht! Das ist Plato's Gedanke. Daher der Typus seines Staates die strengste Unterordnung und die strengste Gemeinschaft. Die Erziehung soll herrschen, die Weisheit soll erziehen.

Daher der kühne Ausspruch: „Wenn die Philosophen werden
Könige sein oder die Könige Philosophen!"
Solche außerordentliche Gedanken, die dem gemeinen Verstande
blos phantastisch erscheinen, sind die Früchte außerordentlicher Zeiten.

VII.

Eine solche Zeit war es, in der Fichte den Deutschen in einer
ähnlichen Absicht, aber mit besserem Erfolge, gegenübertrat, als Plato
den Griechen. Seine Reden an die deutsche Nation wollen das
gesunkene Volk wieder herstellen durch eine neue Erziehung, die das
Uebel an der Wurzel ausrottet und durch den Geist der Gemeinschaft
und Aufopferung die Selbstsucht vernichtet. Es ist in diesen Reden
etwas von dorischer Art. Die Forderung der Fichteschen Philo=
sophie, das Postulat der Selbständigkeit, wird in diesen Reden zur
Forderung an die Nation. Diese Forderung zu erfüllen, wird dar=
gethan, daß die Erziehung das einzige Mittel ist, eine völlig neue
Erziehung. Ich will die Art dieser Reden und dadurch den Charakter
des Redners mit wenigen Zügen zeichnen. Auf den Schlachtfeldern
von Jena, Eilau und Friedland ist die Selbständigkeit des deutschen
Volks in den Staub gesunken. Die Gegenwart ist die trostloseste,
der Glaube an die Zukunft lebt nur in Wenigen. Die Hauptstadt
Preußens zittert unter fremden Waffen, die jede patriotische Regung
bedrohen. Hier hält Fichte seine Reden an die deutsche Nation und
spricht von dem neuen Vaterlande, als wir keines mehr hatten, und
seine Stimme selbst oft erdrückt wurde von dem Wirbeln französischer

Trommeln. Nichts von eitlen Klagen, nichts von eitlen Trostgründen. Er sieht die ganze Größe des Elends. Nach dem Frieden zu Tilsit schreibt er selbst fast hoffnungslos an seine Frau: „Gottes Wege waren diesmal nicht die unseren, ich glaubte die deutsche Nation müsse erhalten werden, aber siehe, sie ist ausgelöscht!" Doch in seinen Reden weht schon der Geist des Muthes und der Zuversicht. Er sieht in dem Elend weit mehr, als blos ein Unglück; das Volk leidet, was es verdient hat. Wie kann der die politische Freiheit wollen, dem die moralische fehlt? Wie kann der die nationale Selbst=ständigkeit erhalten, dem die innere abgeht? Und war es nicht so in der deutschen Nation? War sie nicht schon in sich zerfallen, ehe sie vor Napoleon in den Staub sank? War nicht in allen Gebieten des Lebens die Selbstsucht aufs Höchste gestiegen? Was konnte aus der innern Ohnmacht anders folgen als die äußere? Was konnte sogar Besseres folgen? So ist unser Elend kein Unglück, sondern eine Schuld, welche die ganze Nation trifft, für welche jetzt die ganze Nation büßt, mit Recht büßt. Die klarste Einsicht in diese Schuld ist die erste Wendung zum Besseren, ist die Bekehrung, die Noth thut. Mit dieser Einsicht beginnt die Rechtfertigung. Die herrschende Selbstsucht, die selbstgefällige Ohnmacht, das ganze unproductive, zerstreute, plattgetretene Leben erscheint dem Redner als reif für die Sichel. Als er in seinen ersten Vorlesungen, die er in Berlin hielt, „die Grundzüge des gegenwärtigen Zeitalters" schilderte, da hatte er eben diesem selbstsüchtigen, ohnmächtigen, muthlosen Zeit=alter einen Namen gegeben, der das Gepräge seiner von religiösem Thatendrange erfüllten Natur trägt. So redet ein Reformator. Er nannte dieses Zeitalter das „der vollendeten Sündhaftigkeit." Drei Jahre später hält er die Reden an die Nation. Hier erblickt er schon die beginnende Rechtfertigung, die er vor drei Jahren als das künftige Zeitalter gleichsam prophetisch bestimmt hatte. Was ist in der wenigen Zeit geschehen, das zwei Weltalter moralisch von einander scheidet? Was hat inzwischen die deutsche Nation erlebt? Die Schlachten von Jena und Friedland! Den Frieden von Tilsit! Die Sichel war ge= kommen, die das deutsche Volk niedergemäht hatte! Eitelkeit und Ohnmacht hatten ihm das Volk verächtlich gemacht. Jetzt macht die Größe des verschuldeten Unglücks dasselbe Volk ihm wieder lieb und fast ehrwürdig. Ist das nicht groß, nicht religiös empfunden und gedacht? Der tiefe Fall ist die Bedingung zur sittlichen Erhebung. Durch innere Schuld ist die Nation zu Grunde gegangen, durch sitt= liche Kraft allein kann sie sich wieder aufrichten. Wenn sie diese Kraft nicht besitzt, verdient sie nicht zu existiren. Sie hat diese Kraft. Sie hat in sich etwas von unzerstörbarer Ursprünglichkeit; sie hat diesen ursprünglichen Geist, diese sich ewig verjüngende Lebensquelle, voraus vor allen übrigen Völkern der Mitwelt; ihre Sprache schon gibt davon das lebendigste Zeugniß. Wohlan! sie bilde ihn aus durch eine neue Erziehung an Haupt und Gliedern, zu der Pestalozzi schon den Grund gelegt hat, diesen ursprünglichen, selbstthätigen, opfer= freudigen Geist, den wahrhaft deutschen. Er redet zu den Teutschen wie zu dem auserwählten Volk der Erde, das sich durch Götzendienst zu Grunde gerichtet hat, und das nicht untergehen darf, weil es das Salz der Erde ist. Er redet zu ihnen wie ein Prophet des alten Bundes. So enden seine Reden an die deutsche Nation: „es ist kein

Ausweg; wenn ihr versinkt, so versinkt die Menschheit mit ohne
Hoffnung einer einstigen Wiederherstellung."

Wie in einem Gesicht schildert er uns diese Zeit der beginnenden
Erneuerung, in der und von der er redet: „die Zeit erscheint mir
wie ein Schatten, der über seinem Leichname, aus dem soeben ein
Heer von Krankheiten ihn herausgetrieben, steht und jammert und
seinen Blick nicht loszureißen vermag von der ehedem so geliebten
Hülle und verzweifelnd alle Mittel versucht, um wieder hineinzu=
kommen in die Behausung der Seuchen. Zwar haben schon die be=
lebenden Lüfte der andern Welt, in die die abgeschiedene eingetreten,
sie aufgenommen in sich, und umgeben sie mit warmem Liebeshauche,
zwar begrüßen sie schon freudig heimliche Stimmen der Schwestern
und heißen sie willkommen, zwar regt es sich schon und dehnt sich in
ihrem Innern nach allen Richtungen hin, um die herrlichere Gestalt,
zu der sie erwachsen soll, zu entwickeln; aber noch hat sie kein Ge=
fühl für diese Lüfte oder Gehör für diese Stimmen, oder wenn sie
es hätte, so ist sie aufgegangen in Schmerz über ihren Verlust, mit
welchem sie zugleich sich selbst verloren zu haben glaubt. Was ist
mit ihr zu thun? Auch die Morgenröthe der neuen Welt ist schon
angebrochen und vergoldet schon die Spitzen der Berge, und bildet
vor den Tag, der da kommen soll. Ich will, so ich es kann, die
Strahlen dieser Morgenröthe fassen und sie verdichten zu einem Spiegel,
in welchem die trostlose Zeit sich erblicke, damit sie glaube, daß sie
noch da ist und in ihm ihr wahrer Kern sich ihr darstelle und die
Entfaltungen und Gestaltungen desselben in einem weissagenden Ge=
sichte vor ihr vorübergehen."

Nach der Schlacht von Cannä dankte der römische Senat dem Consul, daß er an Rom nicht verzweifelt habe. Und das deutsche Volk wird es nie vergessen, daß nach der Schlacht von Jena Fichte die deutsche Sache festhielt und den Glauben an das Vaterland wie eine freudige Botschaft muthig in seinen Reden verkündete. Und daß man zehn Jahre nach dem Tode des Philosophen seine Reden an die Nation in Berlin ächten konnte — nun, das war die erste Bildsäule, die Fichte um Preußen verdient hatte!

Wie Fichte selbst diesen seinen Rednerberuf ansah, wie er ihn schon im Beginn des Krieges faßte und vor sich selbst rechtfertigte, davon zeugt seine Einleitungsrede an die deutschen Krieger, die er noch vor der Schlacht von Jena schrieb und die erst nach seinem Tode veröffentlicht worden. In wenigen Worten lernt man hier den gewaltigen Mann kennen. Auch das Heil der Wissenschaft liegt jetzt in den Waffen. Im Namen der Wissenschaft, als deren Organ, redet er zu den Kriegern: „Welches Organes bedient sich jene und die in ihr mitumfaßten Interessen? Eines Mannes, dessen Gesinnung und Charakter wenigstens nicht unbekannt sind, sondern seit länger als einem Jahrzehent vor der deutschen Nation liegen, dem jeder wenigstens soviel zugestehen wird, daß sein Blick nicht am Staube gehangen, sondern das Unvergängliche stets gesucht, daß er nie feige und muthlos seine Ueberzeugung verleugnet, sondern mit jedem Opfer sie laut bezeugt hat, und den seine Denkart nicht unwürdig macht, vom Muth und der Entschlossenheit unter Muthigen zu reden. Muß er sich begnügen zu reden, kann er nicht neben euch mitstreiten in euren Reihen und durch muthiges Trotzen der Gefahr und dem Tode, durch

Streiten am gefährlichsten Orte, durch die That die Wahrheit seiner Grundsätze bezeugen, so ist das lediglich die Schuld seines Zeitalters, das den Beruf des Gelehrten von dem des Kriegers abgetrennt hat und die Bildung zum letztern nicht in den Bildungsplan des ersteren mit eingehen läßt. Aber er fühlt, daß wenn er die Waffen zu führen gelernt hätte, er an Muth keinem. nachstehen würde, er beklagt, daß sein Zeitalter ihm nicht vergönnt, wie es dem Aeschylus, dem Cervantes vergönnt war, durch kräftige That sein Wort zu bewähren, und würde in dem gegenwärtigen Falle, ben er als eine neue Aufgabe seines Lebens ansehen darf, lieber zur That schreiten, als zum Worte. Jetzt aber, da er nur reden kann, wünscht er Schwerter und Blitze zu reden. Auch begehrt er dasselbe nicht gefahrlos und sicher zu thun. Er wird im Verlauf dieser Reden Wahrheiten, die hierher gehören, mit aller Klarheit, in der er sie einsieht, mit allem Nachdruck, dessen er fähig ist, mit seines Namens Unterschrift aussprechen, Wahrheiten, die vor dem Gericht des Feindes des Todes schuldig sind. Er wird aber darum keineswegs feigherzig sich verbergen, sondern er gibt vor eurem Angesichte das Wort, entweder mit dem Vaterlande frei zu leben, oder in seinem Untergange auch unterzugehen."

Und als er nun mitten unter französischen Waffen und Wächtern jene Reden zur Erhebung des deutschen Volkes wirklich hielt, wußte er wohl, welche Gefahren ihm drohten. Er wollte ihnen Stand halten. Mit sich selbst war er im Reinen und hatte sich mit aller Besonnenheit bereit gemacht für den äußersten Fall. Er war zu der Ueberzeugung gekommen, daß es dem Vaterlande nützen könne, wenn er als Märtyrer für die deutsche Sache den Tod leide. „Das Gute ist Begeisterung, Erhebung," schrieb er damals in sein Tagebuch, „meine persönliche Gefahr kommt gar nicht in Anschlag, sondern sie könnte vielmehr höchst vortheilhaft wirken. Meine Familie aber und mein Sohn werden des Beistandes der Nation, der Letztere des Vortheiles, einen Märtyrer zum Vater zu haben, nicht entbehren. Es wäre dies das beste Loos. Besser könnte ich mein Leben nicht enden."

Jn einer Zeit, wo Napoleon um einer unbedeutenden Flugschrift willen den Buchhändler, der sie weiter gesendet, erschießen ließ, hatte man alle Ursache, für den kühnen Redner in Berlin das Aeußerste zu fürchten. Mit einem Heldenmuth, der den hohen Männern des Alterthums gleichkommt, erklärte sich Fichte in seinen Reden offen gegen diese Furcht, für welche er nicht der Gegenstand sein wolle, zu welcher jetzt Keiner ein Recht habe. „Soll denn nun wirklich Einem zu gefallen, dem damit gedient ist, und ihnen zu gefallen, die sich fürchten, das Menschengeschlecht herabgewürdigt werden und versinken und soll keinem, dem sein Herz es gebietet, erlaubt sein, sie vor dem Verfall zu warnen? Was wäre denn das Höchste und Letzte, das für den unwillkommenen Warner daraus folgen könnte? Kennen sie etwas Höheres als den Tod? Dieser erwartet uns ohnedies Alle, und es haben von Anbeginn der Menschheit an Edle um gerin= gerer Angelegenheiten willen — denn wo gab es jemals eine höhere als die gegenwärtige? — der Gefahr derselben getrotzt. Wer hat das Recht, zwischen ein Unternehmen, das auf diese Gefahr begonnen ist, zu treten?

Und wie Fichte die Gefahr, der er sich preisgab, mit aller Ruhe und Besonnenheit einsah, so faßte er den Gegner selbst fest und sicher ins Auge. Er haßte ihn nicht aus Furcht. Er unterschätzte ihn nicht aus patriotischer Verblendung. Es konnte kein größerer Gegensatz gedacht werden, als Napoleon und Fichte, aber auch hier war ein Punkt, in dem sich die äußersten Gegensätze berührten. Etwas in Napoleons Charakter konnte von Keinem tiefer empfunden und ge= würdigt werden als von Fichte: der gewaltige Wille, der an ein höchstes Ziel alles setzt, um es zu gewinnen. Nur lag hier das höchste Ziel auf dem Gipfel der Selbstsucht. Diesen Mann niederzuwerfen, müsse sich mit derselben Gewalt die Hingebung für einen sittlichen Zweck, die reinste und opferfreudigste Gesinnung erheben. An dieser Macht allein, die ihm fremd sei, werde er scheitern. Wenn aus der reinen Begeisterung eines opferbereiten Volkes der Krieg gegen ihn auflodere, wenn der Geist der Thermopylen die Deutschen erfülle, so werde er fallen. So redet Fichte im Beginn der Freiheitskriege, deren Bedeutung er empfand, wie damals Körner sie aussprach: „es ist kein Krieg, von dem die Kronen wissen, es ist ein Kreuzzug, ist ein heil'ger Krieg." So schildert er in seinen Reden über den Begriff des wahren Kriegs den Charakter Napoleons: „Seine Denkart ist mit Erhabenheit umgeben, weil sie kühn ist und den Genuß verschmäht, darum verführt sie leicht erhabene, das Rechte nur nicht erkennende Gemüther. In der Klarheit und Festigkeit beruht seine Stärke. In der Klarheit: alle unbenutzte Kraft ist sein; alle in der Welt gezeigte Schwäche muß werden seine Stärke. Wie der Geier schwebt über den niedern Lüften und umherschaut nach Raub, so schwebt er über dem betäubten Europa, lauschend auf alle falsche Maßregeln und Schwächen,

um flugschnell herabzustürzen und sie sich zu Nutze zu machen. In
der Festigkeit: die Andern wollen auch wohl herrschen, aber sie wollen
noch so vieles Andere nebenbei und das Erste nur, wenn sie es
neben diesem haben können; sie wollen ihr Leben, ihre Gesundheit,
ihren Herrschplatz nicht aufopfern, sie wollen bei Ehren bleiben; sie
wollen wohl gar geliebt sein. Keine dergleichen Schwächen wandelt
ihn an. Sein Leben und alle Bequemlichkeiten desselben setzt er da-
ran; der Hitze, dem Froste, dem Kugelregen setzt er sich aus, das
hat er gezeigt; auf beschränkende Verträge, dergleichen man ihm an-
geboten, läßt er sich nicht ein; ruhiger Beherrscher von Frankreich,
was man ihm etwa bietet, will er nicht sein, sondern ruhiger Herr
der Welt will er sein und, falls er das nicht kann, gar nicht sein.
Das zeigt er jetzt und wird es ferner zeigen. Die haben durchaus
kein Bild von ihm und gestalten ihn nach ihrem Bilde, die da glauben, daß auf andere Bedingungen mit ihm und seiner Dynastie, wie
er sie will, sich etwas Anderes schließen lasse, denn Waffenstillstände.
So ist unser Gegner. Er ist begeistert und hat einen absoluten Willen: was bisher gegen ihn aufgetreten, konnte nur rechnen und hatte
einen bedingten Willen. Er ist zu besiegen auch nur durch Begeisterung eines absoluten Willens, und zwar durch die stärkere, nicht für
eine Grille, sondern für die Freiheit. Ob diese nun in uns lebt und
mit derselben Klarheit und Festigkeit von uns ergriffen wird, mit welcher er
ergriffen hat seine Grille, und durch Täuschung oder Schrecken alle
für sie in Thätigkeit zu setzen weiß, davon wird der Ausgang des
begonnenen Kampfes abhängen."

VIII.

Einen Zug noch muß ich in dem Charakter Fichtes deutlich her:
vorheben, damit das Bild, welches ich hier entwerfe, nicht an einer
wichtigen Stelle dunkel oder zweifelhaft bleibe. Es könnte scheinen,
als ob in dem Charakter Fichtes die Philosophie als solche nur einen
bedingten Werth habe und erst in zweiter Linie stehe, als ob hier
die philosophische Arbeit nur als Instrument zur Wirksamkeit, als
Mittel zum Zweck gelte und abgemacht sei, sobald das brauchbare
Mittel vorhanden.

Indessen das Instrument, dessen Fichte bedarf, ist so eigenthüm:
licher Art, daß es nie aufhören kann, Gegenstand fortwährender Ar:
beit zu sein, daß Fichte selbst nicht einen Augenblick ablassen konnte,
es zu bearbeiten. Er bedarf der gewissesten Ueberzeugung; das Kri:
terium der Gewißheit ist die That: in dem Grade, als die Einsicht
eigenste Tat, selbstbewußte Handlung ist, in eben dem Grade ist sie
wahr und überzeugend. Erkennen heißt bei Fichte hervorbringen.
So lange die Dinge, die wir vorstellen, uns nicht so deutlich und
einleuchtend sind, wie dem Mathematiker die Figuren und Größen,
die er erzeugt, indem er sie bildet, so lange sind jene Vorstellungen auch
nicht erkannt. Was wir in unsern Vorstellungen als blos gegeben
annehmen, das ist unbekannte Größe. Um also Ueberzeugungen zu
haben, muß man das Gegebene in ein Erzeugtes, das Datum in ein
Product verwandeln und auflösen, bis Begriff und Gegenstand ohne
Rest in einander aufgehen. Damit aber ist dem speculativen Geiste

selbst eine unendliche Aufgabe gesetzt, zugleich eine Aufgabe, die
mit den größten Schwierigkeiten kämpft. Wenn wir nur so viel
wahrhaft erkennen, als wir selbstthätig hervorbringen, so ist das
nächste und eigentliche Object die aus unsrer Freiheit erzeugte sittliche
Welt, und man sieht wohl, wie die Fichtesche Philosophie ihr ver-
wandtes und heimliches Gebiet in der Sittenlehre findet. Je mehr
dagegen die Objecte den Charakter des Gegebenen und Vorgefundenen
annehmen, je mehr sie sich aus der moralischen Welt in die physische
entfernen, aus der Sphäre des bewußten Handelns in die des bewußt-
losen, um so schwieriger wird die Aufgabe und um so dunkler, um
so angestrengter aber auch das Ringen nach Klarheit. Die Fichtesche
Philosophie ist weit entfernt, ihr Ziel erreicht, ihre Aufgabe voll-
ständig und systematisch gelöst zu haben. Nur die ersten Grundzüge
sind mit voller Sicherheit entworfen. So weit Fichte selbst klar sah,
hatte er die Kraft, mit einer unwiderstehlichen und imposanten Deut-
lichkeit seine Gedanken darzuthun und zu lehren. Seine Einleitungen
in die Wissenschaftslehre sind Meisterstücke wissenschaftlicher und didak-
tischer Kunst. Er war dieser seiner Kraft sicher. Er schrieb über das
Wesen der neuesten Philosophie einen „sonnenklaren Bericht an das
größere Publikum," und er nannte diese Schrift auf dem Titel einen
„Versuch, die Leser zum Verständniß zu zwingen." Aber diese Klarheit, die in dem Grundgedanken herrscht, erleuchtet bei weitem nicht
die gesammte Wissenschaftslehre; die Aufgabe ließ sich bei weitem so
klar nicht auflösen, als sie Fichte begriffen hatte. Darum eben blieb
sie Aufgabe und wurde es immer von neuem. Und Fichte selbst
wird nicht müde, die Lösung immer von neuem zu versuchen, die

Wissenschaftslehre immer wieder in allen möglichen Gestalten zu be=
arbeiten. Die Reihe dieser Bearbeitungen nimmt einen Verlauf, in
dem die Wissenschaftslehre zuletzt eine Umbildung erfährt, die ihren
Schwerpunkt verändert. Mit dieser Arbeit ist Fichte nie fertig ge=
worden; die Wissenschaftslehre hat nie ein Ziel erreicht, in dem sie
abgemacht war. Auch hier ist der Wille Fichtes eins mit seiner Kraft.
Er konnte nicht in einem fertigen Resultate abschließen; er wollte auch
nicht. Die immer neue Arbeit, das unaufhörliche von vorn Anfangen
war für ihn keine Qual, sondern Genuß. Die verstehen Fichte nicht,
die seine Philosophie mit einer Tantalus= oder Sisyphusarbeit ver=
gleichen. Der unkundige Vergleich ist oft gemacht worden. Es ist
Fichtes Genuß und Erquickung, den Kampf mit der dunkeln Natur
der Dinge immer wieder mit aller Zuversicht des Sieges aufzunehmen.
Von allen Kämpfen, die er geführt hat, war dieser der hartnäckigste
und schwerste: durchzubringen zum Licht! Und weil er der
schwerste war, darum war dieser Kampf ihm von allen
der liebste. So sehr fühlte er sich hier in seiner wahren Heimath,
daß er geradezu seine Neigung besiegen mußte, so oft er sein philosophi=
sches Stillleben verließ, um sich in die Weltkämpfe zu mischen. Er that
es, weil er das Opfer der Neigung für seine Pflicht hielt. Gerade, weil
ihn das theoretische Leben reizte, gab er es hin, um auf dem öffent=
lichen Schauplatze der Welt an seinem Orte zu handeln. Als er beim
Ausbruch der Freiheitskriege sich zum Feldprediger anbot, hatte er
diesen Entschluß vorher bei sich mit allen Gründen erwogen; er prüfte
genau, ob nicht etwa eine persönliche Liebhaberei in diesen Entschluß
mit einfließe, und wie er sich gestehen mußte, daß vielmehr seine

Reigung fei, das gewohnte Leben fortzuſetzen, entſchied er ſich für das Gegentheil.

Hier enthüllt ſich uns die rein philoſophiſche Natur ſeines Charakters. . Was Spinoza den amor Dei intellectualis genannt hat, war als Sinn und Reigung für das contemplative Leben, als reine und uneigennützige Liebe zur Wahrheit auch in Fichte der tiefſte Zug ſeines Weſens. An dieſer Stelle lernen ihn die wenigſten kennen. Und ſo iſt ein Bild von Fichte unter die Leute gekommen, das ihn vorſtellt . immer nur als den unruhigen Kopf, der in den Welthändeln und namentlich in den revolutionären Bewegungen am beſten ſeinen Platz füllt. Es iſt wahr, das Zeitalter der Revolution hat in Fichte einen ähnlichen Wortführer gefunden, als einſt das Zeitalter der Reformation in Ulrich von .Hutten. Selbſt als die terroriſtiſche Ver= wilderung in den Aufgang der neuen Zeit hereingebrochen, als die Enthuſiaſten ſchon alle verſtummt waren und vor dem blutigen Schauſpiele in Paris ihr Angeſicht verhüllten, hatte Fichte die Kühn= heit, die Rechtsidee, die in jener Weltbewegung durchbrechen wollte, zu vertheidigen und die Urtheile, die ſchon zur Verdammung ge= ſtimmt waren, zu bekehren. Er galt deßhalb ſeinen Zeitgenoſſen für einen Revolutionär, bald auch für einen Atheiſten. Darum haben ihn in jener Zeit viele gehaßt und verfolgt. Und heute, — ſo wandeln die Stimmungen der Welt! — werden viele ſeyn, die ihn nur deßhalb loben und ihm gern ſeine Wiſſenſchaftslehre erlaſſen. Redet man doch von ſeiner Philoſophie, als ob man beſſer an dem heutigen Tage nicht von ihr reden ſollte, als ob die beſte Fichte= feier die wäre, die am gründlichſten von der Wiſſenſchaftslehre schweigt: als ob dieses Fest gefeiert würde zur Ehre des Patrioten und zur Vergessenheit des Philosophen! O! diese kluge Zeit wird uns noch rathen, daß wir Beethoven ehren sollen als einen Mann der Freiheit, aber so viel als möglich davon absehen, daß er ein Musiker war. Ich muß mich besinnen, um nicht in Fichtes Namen Freund und Feind zu verwechseln. So viele seiner Gegner wollten ihn einst für seine Lehre verdammt wissen; so viele seiner gegen= wärtigen Freunde wünschen sie jetzt so gut als vergessen. Damals die Verurtheilung, heute die Amnestie! Hier ist kein großer Wider= spruch. Und Eines weiß ich gewiß: Fichte selbst würde bei diesem Scherbengericht lieber die schwarzen Kugeln sehen, als die weißen!

Wenn jetzt so Viele in Fichte nur den Volkstribunen erheben, so mögen sie nicht überhören, was er selbst damals seinen Feinden gesagt hat. In seiner gerichtlichen Verantwortung gegen die Anklage des Atheismus redet er von den Triebfedern, die gegen ihn wirken, wie man in ihm angeblich den Atheisten, in Wahrheit den vermeint= lichen Demokraten verfolge. Und so fährt er fort: „Was es ist in meinem Charakter, das sie an mir nicht kennen, welches über allen Verdacht mich absolut wegsetzen muß und mich in die Lage- setzt, sie kühn zur strengsten Prüfung meines ganzen Lebens aufzurufen: das ist meine entschiedene Liebe zu meinem speculativen Leben. Sey man unbesorgt für mich, ich stehe dafür, ich werde jede Verleumdung widerlegen, wenn sie mir bekannt wird, denn ich werde sicherlich nie etwas Unrechtes thun. Aber ich bin denn doch nun einmal Gelehrter und nach der Meinung angesehener Politiker sollen außer dem eigenthumslosen und rechtlosen Pöbel mehrere unter diesen unzufrieden damit sein, daß sie nicht selbst die ersten Stellen im Staate bekleiden — diese nebst dem Pöbel allein sollen es sein, die eine Revolution in den bestehenden Staatsverfassungen wünschen. Ich weiß nicht und kann nicht wissen, ob es überhaupt dergleichen Gelehrte gibt oder nicht; aber jene Politiker erlauben mir, ihnen ein untrügliches Kriterium anzugeben, welche Individuen nicht zu dieser Klasse gehören. Es sind diejenigen, welche ihre Wissen= schaft lieben und zeigen, daß sich dieselbe ihres ganzen Geistes bemächtigt hat. Die Liebe zur Wissenschaft und ganz besonders die der Speculation, wenn sie den Menschen einmal er= griffen hat, nimmt ihn so ein, daß er keinen andern Wunsch übrig behält, als den, sich in Ruhe mit ihr zu beschäftigen. Ich kann keine Revolution wünschen, denn meine Wünsche sind befriedigt. Ich kann keine Revolution herbeiführen und unterstützen wollen, denn ich habe dazu nicht Zeit; meine Zeit ist für ganz andere Dinge, die der Ruhe bedürfen, bestimmt. Es wäre etwas völlig Neues und Un= erhörtes in der Menschengeschichte, daß der Urheber eines neuen ganz speculativen Systems sich auch an die Spitze einer politischen Revo= lution stellte. Es ist denn doch wohl zu erwarten, daß ein nicht ganz Unverständiger sich, so wie er nur aus dem Jünglingsalter heraustritt, einen Plan für sein Leben entwirft. Einen solchen Plan habe ich längst entworfen. Zuvörderst habe ich mein philosophisches System deutlich darzustellen und zu vollenden, und es ist darüber noch sehr viel zu thun. Von ihm aus bieten sich mir andere neue Entdeckungen dar, welchen ich dann nachgehen werde. Es zeigt sich mir ein Uebergang zu andern Wissenschaften und eine gänzliche

Umschaffung mehrerer, welches mir nach Vollendung jener Aufgabe
Arbeit geben wird. Und fähe ich ein Leben von Jahrhun=
derten vor mir, ich wüßte dieselbe schon jetzt ganz meiner
Neigung gemäß so einzutheilen, daß mir nicht eine
Stunde zum Revolutioniren übrig bleiben würde."

Dieser große Ausspruch, der unter den Charakterzügen Fichtes
gewiß einen der wesentlichsten offenbart, trat mir unwillkürlich vor
die Seele, als ich den ehrwürdigen Paulus in Heidelberg, den ich
kurz vor seinem Tode das erste= und letztemal in meinem Leben sah,
über Fichte urtheilen hörte. Paulus war hier in Jena Fichtes
Freund und Amtsgenosse, er war sein nächster Vertrauter bis zum
letzten Augenblick seines hiesigen Lebens gewesen. Mit voller Lebendig=
keit, als wenn er sie noch eben gesehen, hatte mir der fast neunzig=
jährige Mann von Goethe und Schiller gesprochen. Ich führte ihn
auf Fichte. „Glauben Sie mir," sagte Paulus, mit einem leichten
Ausdruck von Tadel, „Fichte war sehr eigensinnig, er hat sich in
der Welt nie für etwas Anderes interessirt, als für
seine Gedanken!" Ja, so war Fichte, so einseitig und so grandios!
Ihm war nur wohl in der selbsterrungenen, selbsterdachten Klarheit.
Seine Gedanken waren seine Thaten. Erkennen und handeln war
bei ihm schlechthin eines. Von der Erkenntniß fordert er, daß sie
Handlung sei. Von der Handlung fordert er, daß sie aus der klarsten
Einsicht hervorgehe, aus der gewissenhaftesten Erwägung aller Motive.
Und dieser Zug war ihm so sehr zum Charakter und zur Gewohn=
heit geworden, daß er bei jeder Handlung von einiger Wichtigkeit
mit sich selbst einen schriftlichen Monolog hielt, alle Gründe und

Gegengründe sorgfältig niederschrieb und gleichsam abhörte und zuletzt nach der Entscheidung der höchsten sittlichen Grundsätze seinen Entschluß faßte. Stand der Entschluß auf dieser Grundlage fest, so war er unerschütterlich.

Um diesen Charakter mit einem Worte zu bezeichnen, wüßte ich kein besseres, als das Goethe von ihm gesagt hat: „er war eine der tüchtigsten Persönlichkeiten, die man je gesehen."

Er war ein Mann, nehmt Alles nur in Allem, wir werden nimmer Seinesgleichen sehen!

IX.

Wie die Lehre, so ist Fichtes Leben, das treueste Abbild seines Charakters. Ich will hier dieses Leben nicht erzählen, sondern es nur hervorheben auf dem Grund des Charakters, der durch den Lauf und die Züge desselben bedeutsam und mächtig hindurchscheint. Und so schließe ich mein Charakterbild, indem ich es in seiner Lebendigkeit darstelle.

Schon in seinen äußeren Bedingungen, so ungünstig sie scheinen, hat dieses Leben die Anlage einen Charakter zu entwickeln, der auf sich selbst gegründet seine eigene nicht vom Schicksal geworfene Bahn geht, einen Charakter, in dem die Kraft liegt, reformatorisch zu handeln. Wer in die Tiefe der Menschen wirken soll, der muß ganz ergriffen sein von dem Einen, das noth thut, und es ist gut, wenn ihm diese Aussicht nicht durch die Annehmlichkeiten der Welt, durch das Viele das wohl thut, verdunkelt und gehemmt wird.

Reformatorische Geister ziehen nicht unter Pauken und Trompeten in die Welt ein; sie sollen etwas von dem Kreuz tragen, ihre Geburt muß etwas von der Krippe haben; Armuth und niedrige Herkunft steht ihnen gut, ihre Kindheit ist unberührt und unerleuchtet von dem Glanze der Welt.

Unser Fichte war der Sohn eines armen Webers im Dorfe Ra= menau. Unter den Eindrücken, die er in seiner Kindheit empfängt, ist der mächtigste die Predigt. Sie trifft ihn, wie ein wahlver= wandtes Object. Wen die Natur zum Maler oder Musiker bestimmt hat, in dem regt sich unter den ersten Eindrücken der Bilder und Töne unwillkürlich der geborene Künstler; hier entdeckt und fühlt sich zuerst das verborgene Talent, unwillkürlich beginnt in diesem Augen= blick schon das Bilden der Formen oder Töne. Was für den gebo= renen Maler das erste Bild ist, das er in seinem Leben sieht, das war für Fichte die Predigt, das lebendige Wort, das von der Kanzel herab eindringt in die Herzen der andächtig versammelten Gemeinde. Er hört die Predigt nicht blos, er bildet sie nach, unwillkürlich pre= digt er mit, und so lebendig ist er von der gehörten Rede durch= drungen, daß er im Stande ist, sie wörtlich zu wiederholen. Das ist nicht blos Stärke des Gedächtnisses, das ist die lebendigste, gerade für diesen Gegenstand geborene Einbildungskraft. Die Wirkung ist durchaus bezeichnend. Sie kündigt im Kinde den Redner an. Der Geistliche des Orts wird auf ihn aufmerksam, auf ein Wort des Predigers nimmt sich ein wohlwollender Edelmann in der Nähe des Knaben an, der, nun selbst zum Prediger bestimmt, von einem Pfarrer in Niederau unterrichtet, dann auf den Schulen zu Meißen

und Schulpforte gebildet und auf der letzteren zur Universität vor=
bereitet wird.

Das Joch der Klosterschule fällt ihm schwer, der despotische und
ungerechte Druck eines ihm zur häuslichen Aufsicht vorgesetzten Schü=
lers wird ihm unerträglich; er flieht, den Robinson in seiner Phan=
tasie, aber schon auf den ersten Schritten hemmt ihn der Gedanke
an seine Mutter, er kehrt zurück und gewinnt mit dem offensten
Geständniß das Herz des Schulrectors, der von diesem Augenblick an
ihm sein Leben in der Pforte erleichtert.

Erinnert nicht dieser erste Lebenslauf unseres Fichte unwillkür=
lich an die Jugend Schillers? Die arme und dunkle Herkunft,
die leidenschaftliche Neigung zum Predigerberuf, der Zwang einer
klösterlichen Schule, selbst die Flucht, in der das Freiheitsbedürfniß
kämpft mit dem kindlichen Gedanken an die verlassene Mutter, ein
Kampf, den Fichte — als er die Flucht wagt, noch ein Knabe —
nicht aushält. Aus dem Prediger wurde in Schiller ein Dichter, in
Fichte ein Philosoph. Oder besser gesagt: bei dem Einen war es die
Natur des Dichters, bei dem Andern die des Philosophen, die sich
zuerst als Prediger offenbaren wollte, und was beide mit einander
gemein haben, ist der naturmächtige Drang zum Redner.

Auf den Universitäten zu Jena und Leipzig studirt er die Wissen=
schaft seines künftigen Berufs. Soll er einst als Prediger kraftvoll
und, wie es in seiner Natur liegt, gewaltig wirken, so muß er zuvor
den christlichen Glauben durchdrungen und in seine lebendigste Ueber=
zeugung verwandelt haben. So will es seine Natur. Nur unter

dieser Bedingung wird ihm der Predigerberuf offen, wird er dazu fähig. Er will nicht das Amt eines Predigers blos haben, er will Prediger sein mit ganzer Seele. So ist seine nächste Aufgabe, sein nächstes Bedürfniß die tieffste Glaubensüberzeugung. Jetzt meldet sich von selbst seine speculative Natur, und er fängt an aus Bedürfniß zu philosophiren. Schon auf der Pforte hat er die Streitschriften Lessings kennen gelernt und hier zum erstenmal den Gegensatz in seiner ganzen Stärke empfunden zwischen der freien, im Geiste echter Wahrheitsliebe geführten Untersuchung und dem blinden, in seinem Eifer ohnmächtigen Autoritätsglauben. Er hält es ganz mit der Seite Lessings. Er fühlt, daß ihm ähnliche Kämpfe bevorstehen. Jetzt führt ihn sein eigenes, noch von keinem System eingenommenes Denken zu jener Vorstellungsweise, die gewöhnlich der erste Wurf der Speculation trifft, von einem naturnothwendigen Zusammenhange der Dinge, der auch die menschlichen Handlungen bindet: eine Vorstellung, mit der sich weder der christliche Glaube noch das menschliche Freiheitsbedürfniß verträgt. Seine Gedanken sind zwar selbständig, aber nicht neu; man sagt ihm, daß sie mit der Lehre Spinozas verwandt seien, und erst dadurch wird er aufmerksam auf diesen Denker und überhaupt auf die geschichtlichen Systeme der vorkantischen Zeit.

Doch sind die Zweifel, die von der Seite Spinozas kommen, mit der Natur Fichtes so wenig im Einklang, daß sie seinen Glauben nicht ernstlich erschüttern. Noch ist sein größter Wunsch, Landprediger zu werden, aber aus äußerem Mangel kann er die theologischen Stu= dien nicht vollenden, und die Regierung seines Vaterlandes kommt auf seine Bitte ihm nicht zu Hülfe. Die Lage Fichtes ist in diesem

Zeitpunkt ganz ungewiß und ganz hülflos. Er ist sechs und zwanzig
Jahr geworden und sieht in die dunkelste Zukunft, ohne Ausweg,
ohne einen Schimmer von Hoffnung, nur von dem sittlichen Muthe
nicht verlassen, den sein männliches Ehrgefühl ihm gibt. Und noch
am Abend seines Geburtstages erscheint ihm unerwartet die will=
kommene Hülfe. Ein ihm wohlgesinnter Mann, der Dichter Weiße
in Leipzig, bietet ihm eine Hauslehrerstelle in der Schweiz. Er
folgt dem Rufe und geht mit neuem Muth einer neuen Heimath
entgegen.

Sein Lebensweg hatte ihn aus dem Dorf durch die Klosterschule
zur Universität geführt. Das sind die Plätze nicht, um Welterfahrung
und Menschenkenntniß zu sammeln; er fühlt, schon auf dem Ueber=
gange vom Jünglinge zum Mann, daß ihm beide gänzlich mangeln,
daß er diesen Mangel wohl durch sein ganzes Leben tragen werde.

Indessen so wichtig und fruchtbar Welterfahrung und Menschen=
kenntniß sind, so gibt es doch Charaktere, zu deren Beruf und
Wirkung sie in der That das Wenigste beitragen: das sind die Cha=
raktere der durchbrechenden Art, zu denen Fichte gehört, die
berufen sind, unabhängig von der Welterfahrung und Menschen=
kenntniß, wie der Lauf der Dinge sie mit sich bringt, zu wirken.
Freilich verlangt diese durchbrechende Art eine größere Wirksamkeit,
als die eines Hauslehrers, und einen größeren Schauplatz, als den
Fichte zunächst im Gasthof zum Schwert in Zürich findet. Nicht als
ob die Stellung eines häuslichen Pädagogen ihm zu klein gewesen
wäre, sie war für Fichtes Charakter nur zu gebunden. Er wollte

ehrlich und gründlich erziehen, die Erziehung selbst reformatorisch be=
handeln, und da hatte er mehr zu thun, als bloß seine Zöglinge zu
unterrichten. Was die Erziehung der Kinder an der Wurzel verdirbt,
ist der häufige Unverstand und die Eitelkeit der Eltern, und hier
findet der tüchtige Lehrer oft seinen hartnäckigsten und schlimmsten
Gegner. In solchem Falle, wenn er gründlich erziehen will, muß er
bei den Eltern anfangen, und statt mit ihnen zu erziehen, muß er
vielmehr sie miterziehen. Diese Aufgabe geschickt und zum Danke
der Eltern zu lösen, dazu gehört eine diplomatische Kunst, die Fichtes
Sache nicht war. Er nahm den geradesten Weg, er beobachtete streng
und genau die Erziehungsirrthümer der Eltern, stellte sie unter eine
fortlaufende Censur, die er täglich niederschrieb und den Eltern
wöchentlich vorlas. Er vermochte nun einmal die Wahrheit nur dis=
ciplinirend zu sagen. Seine dictatorische Natur konnte unter Um=
ständen präceptormäßig werden, zwar auf seiner Seite ohne alle
Eitelkeit, aber für Andere leicht unbequem, so daß ihnen die groß
gedachten Absichten Fichtes verleidet wurden.

Das Hauslehrerverhältniß hatte nicht lange Bestand. Doch war
sein damaliger Aufenthalt in Zürich in anderer Rücksicht für sein
ganzes Leben bedeutsam. Er hatte Freunde gefunden, die ihn liebten,
und die künftige Lebensgefährtin, mit der er damals sich im Herzen
verlobte. Ihre Mutter war Klopstocks Schwester. Begeisterung für
den Dichter des Messias hatte die Ehe gestiftet, aus der Fichtes Frau
hervorging. In der Liebe offenbart sich der innerste Mensch. Und
Fichtes Liebe war ganz er selbst. Sie hatte nichts von jener Schwär=
merei, welche die Herzen anfliegt und wieder verläßt, nichts selbst

von dem poetischen Hauche, der das menschliche, von der Liebe ergriffene Dasein plötzlich wie mit einem Zauber emporhebt; sie hat ihm
die Phantasie nicht blühender, sie hat ihm die Verse nicht leichter gemacht, aber sie hat sein Dasein bis in die Tiefe durchdrungen, sie
war wie sein ganzes Leben auf den Charakter gegründet: eine Liebe
aus Ueberzeugung und wie diese tief und beständig! So ist sie
von dem ersten Augenblick der Gewißheit, bewährt durch ein Leben
voller Kämpfe, bis zum Tode geblieben: die treuste und vertrauteste
Seelengemeinschaft!

Noch liegt seine Lebensbahn dunkel und unentschieden vor ihm,
noch hat er seinen eigentlichen Beruf nicht gefunden, aber eines
steht deutlich vor seiner Seele, und als ob hierin sein Lebensberuf
enthalten sei, sagt er sich selbst: ich will vor allem ein Charakter
werden! In einem seiner damaligen Briefe an die Braut, der er
sein Herz ganz aufschließt, sagt er: „der Hauptzweck meines Lebens
ist, mir jede Art der Charakterbildung zu geben, die mir das Schicksal nur irgend erlaubt." Die Büchergelehrsamkeit liegt nicht in
dieser Richtung und darum reizt sie ihn nicht. „Zu einem Gelehrten von Metier habe ich gar kein Geschick. Ich will nicht blos
denken, ich will handeln, ich mag am wenigsten über des Kaisers
Bart denken." Er ist vollkommen entschieden gegen jede Art citler
Selbstbefriedigung, gegen jeden Hang zu den Gütern des Lebens; hier
gab es für ihn nicht einmal eine Versuchung, denn von dieser Seite
hat die Welt ihn nie gereizt. Seine Denkweise war nie eudämonistisch,
sie war viel zu ernst und im wahren Sinn religiös, um jemals die
Glückseligkeit zu begehren. „Glück ist nicht, was ich suche, das ist

beim Dorfpfarrer so wenig als beim Premierminister, der eine zählt
Linsen, der andere Erbsen, das ist der ganze Unterschied; Glück ist
nur jenseit des Grabes. Ich habe nur eine Leidenschaft, ein Bedürfniß, ein volles Gefühl meiner Selbst: das außer mir zu
wirken." In welcher Weise er wirken soll, ist ihm noch nicht entschieden. Seine Anlage spricht für den Predigerberuf, für den Redner.
Darum beschäftigt er sich in dieser Zeit mit der Redekunst, faßt den
Plan, eine Rednerschule zu gründen, studirt den Vortrag, übt sich
selbst in poetischen Versuchen. Doch die Beredtsamkeit ist sein Talent,
und was er vor allem bilden will, ist der Charakter. Dazu bedarf
er der Welt. Und so empfindet er gerade jetzt einen wahren Durst,
die Welt kennen zu lernen. Alle Pläne, die er entwirft, haben diesen
Zweck im Auge. Bald will er reisen, bald wünscht er sich eine Stellung an einem Fürstenhofe, sei es als Erzieher oder als Vorleser,
vielleicht daß ihm Klopstock zum Markgraf von Baden oder Lavater
zum Herzog von Würtemberg den Weg öffnet.

Alle diese Entwürfe schlagen fehl. In sein Vaterland zurück-
gekehrt, sieht er bei dem dort herrschenden Kirchensystem für sich keine
Möglichkeit als Prediger zu wirken. Wieder sind ihm alle Wege ge-
sperrt, und er weiß nicht, wohin sich wenden. In dieser geistigen
Noth erscheint ihm, wie das Land der Rettung, die kantische Philo-
sophie. Jetzt wird ihm seine Bestimmung klar. Jetzt hat er das
Bild gefunden, bei dem er ausrufen kann: auch ich bin ein Maler!
Die Zweifel an der Freiheit lösen sich auf. Der Glaube an die
Freiheit ruht hier auf der tiefsten und sichersten Grundlage. Was er

geahnt und von sich selbst gefordert hatte, ist hier bewiesen. Er hat wie im Vorgefühl der kantischen Philosophie gelebt. Jetzt ist ihm zu Muthe, als ob sich sein Leben erfüllt habe und in einen Beruf ein= mündet, der kein anderer sein kann. „Hier," so schreibt er im Hin= blick auf die kantische Philosophie an die Freundin in Zürich, „hier findet mein unruhiger Ausbreitungstrieb, mein projectvoller Geist Ruhe." Auf Jahre hinaus sieht er Aufgaben und Arbeiten vor sich; was er in der nächsten Zeit schreiben wird, wird nur über die kantische Philosophie sein. Sie ergreift mit ihren sittlichen Begriffen sein Gemüth. Aus der Idee der Freiheit ist hier ein Sittengesetz, ein Pflichtbegriff aufgegangen, der jede Art der menschlichen Selbstsucht, auch den feinsten Grad derselben, zu Boden schlägt, und jede selbst= gefällige Täuschung aufhebt, womit wir uns gern verblenden über das sogenannte gute Herz, das an der Wurzel ein selbstsüchtiges Herz ist. Vor der Wahrheit des sittlichen Handelns, wie Kant es in seiner ganzen Lauterkeit begriffen hat, schwindet jeder sittliche Scheinwerth, der die Welt blendet, und von dem man sich gern bestechen läßt, um wieder damit zu bestechen. Kant hat in dem sittlichen Menschenleben das Echte vom Unechten so genau und völlig geschieden, daß hier eine Blendung nicht mehr möglich ist. Die tiefste Quelle des mensch= lichen Sittenverderbens ist hier blos gelegt, die sittliche Denkweise ist jeder Art der eudämonistischen auf das Schroffste entgegengesetzt. Von dieser Entdeckung ist Fichte im Innersten ergriffen. Wenn eine solche Sittenlehre eindringt in die Herzen der Menschen und hier jede Be= schönigung der selbstgefälligen That rücksichtslos aufdeckt: was wird die Folge sein? Die Menschen müssen anfangen über ihre sogenannten guten Handlungen zu erröthen, sie müssen erzittern über die schlechten. Was wird die Folge sein von dieser sittlichen Selbsterkenntniß? Eine sittliche Wiedergeburt, eine Erneuerung des echten Christenthums im protestantischen Geiste, eine von der Tiefe des Willens ausgehende Reform der Gesinnung. Die kantische Philosophie, mit Kraft und Feuer den Menschen an's Herz gelegt, wird eine Wohlthat werden für die Welt. So empfindet Fichte die Lehre Kants. Jetzt hat er für seine Anlage den Inhalt gefunden, den erhabensten Stoff für seine Beredsamkeit; das Studium der kantischen Philosophie wird auch sein Rednertalent veredeln. „Es muß durchgebrochen werden!" sagte Ulrich von Hutten, als mit der Reformation ein neuer Geist in die Welt gekommen war. So empfand Fichte den neuen Geist der kantischen Lehre. Ein großes Zeitalter ist angebrochen in dem deutschen Geistes= leben. Schon wetteifert mit der Philosophie die Dichtung. „Es ist mir wahrscheinlich," schreibt Fichte, „daß der, welcher im zwanzigsten Jahre die Räuber schrieb, im vierzigsten unser Sophokles sein werde."

Doch seine Aufgabe zu lösen, fehlt ihm die Muße und zur Muße das Geld. Wieder muß er als Hauslehrer seinen Unterhalt suchen. Während sein Herz sich nach Zürich sehnt in die Nähe der Freundin, treibt ihn die Noth des Lebens nach Warschau in das Haus einer Gräfin, deren Kinder er erziehen soll. Im ersten Augen= blick wird ihm seine Lage klar und zugleich unmöglich. Die Gräfin ge= hört zu jenen Frauen von Stande, die den Hauslehrer für ihren Unter= than ansehen und für dessen erste Pflicht die Unterwürfigkeit halten. So war glücklicher Weise zwischen dieser vornehmen Frau in Warschau und diesem deutschen Candidaten der Theologie kein Einvernehmen möglich, und Fichte war befreit von der Qual, in diesem Hause zu leben.

Einmal in Warschau kann er dem Drange nicht widerstehen, nach Königsberg zu gehen und den Mann selbst kennen zu lernen, dem er sein erneutes geistiges Dasein dankt. Er kommt in Königsberg an, sein erster Besuch ist bei Kant, der damals auf der Höhe des Ruhms und der Jahre, aufgesucht von Fremden aller Welt, sparsam mit der Zeit, den unbekannten Mann höflich, aber ohne Zuvorkommenheit aufnimmt. Fichtes größter Wunsch ist, Kants Theilnahme zu gewinnen. Um seiner Person willen hat er darauf keinen Anspruch, er muß sie durch eine Leistung verdienen. Kant hatte in seiner Sittenlehre aus den moralischen Bedingungen der menschlichen Vernunft den ewigen Inhalt des Glaubens dargethan und den Weg gebahnt zu einer neuen Einsicht in das Wesen der Religion. Gerade diese Untersuchung mußte Fichtes Interesse lebhaft erregen. Es handelte sich darum, die neuen Einsichten der kritischen Lehre anzuwenden auf die Theologie und die gegebene Religion. Die gegebene Religion ruht auf dem Glauben an die Offenbarung. Diesen Begriff hatte Kant nicht untersucht. Ueberhaupt war seine eigentliche Religionslehre noch nicht erschienen. Eben jetzt war Kant mit dieser Untersuchung beschäftigt, der die Welt mit der größten Spannung entgegensah; hier also fand Fichte eine der Lösung bedürftige und würdige Aufgabe; hier konnte er zeigen, daß er den Geist der kantischen Schriften begriffen und die Kraft habe, selbstthätig auf diesem Gebiete vorwärts zu bringen. Schnell war er zur That entschlossen. Mit dem Wenigen, das er hatte, blieb er in Königsberg und schrieb in der Verborgenheit seines Gasthauses binnen vier Wochen die „Kritik aller Offenbarungen," die er in der Handschrift Kant zur Beurtheilung übersandte. Es war am 18. August 1791. Kant nimmt von der Schrift Kenntniß, die im Geiste seiner Philosophie gehalten und zugleich mit einer Darstellungsgabe geschrieben ist, die ihm auffällt. Er wünscht, daß sie gedruckt werde. Und als sie endlich nach einigen Censurschwierigkeiten erscheint, erklärt die hiesige Literaturzeitung, daß jeder, der auch nur die kleinste Schrift Kants gelesen habe, den erhabenen Verfasser dieses Werks sogleich erkennen werde. Von diesem Augenblicke an ist die Schrift berühmt. Und als bald darauf Kant die Erklärung gibt, daß nicht er, sondern der Candidat Johann Gottlieb Fichte der Verfasser sei, so ist von diesem Augenblicke an auch der Name Fichte berühmt. Man hatte ihn mit dem ersten Philosophen der Welt verwechselt; die Täuschung war auf Grund seiner Schrift möglich gewesen. Er hatte mit dieser Schrift nur Kants Theilnahme in der Stille gewinnen wollen, und er hatte vor der Welt Kants Ruhm gewonnen. Von jetzt an geht sein Lebensweg bergauf. Die Muße, die er braucht, findet er für die nächsten Jahre in der Familie des Grafen Krockow bei Danzig, wohin er durch Kants Einfluß empfohlen war. Man braucht nur zu hören, daß die Gräfin eine Enthusiastin für Kant war, um den Geist zu kennen, der in diesem Hause herrschte; um zu begreifen, wie wohlthuend für Fichte dieser Aufenthalt sein mußte.

Durch die kantische Lehre reformatorisch zu wirken, ist jetzt die Aufgabe seines Lebens. „Ich habe große glühende Projekte," schreibt er von hier aus an seine Braut, „mein Stolz ist, meinen Platz in der Menschheit durch Thaten zu bezahlen, an meine Existenz in die Ewigkeit hinaus für die Menschheit und die ganze Geisterwelt Folgen zu knüpfen. Werde ich statt des unmittelbaren Thuns zum Reden verurtheilt, so ist meine Neigung, daß es lieber auf einer Kanzel sei, als auf einem Katheder."

Im Sommer 1793 kehrt er nach Zürich zurück. Es ist die letzte und glücklichste Zeit seines unsteten Wanderlebens. In dieser entzückenden Natur, ganz einer freien Muße überlassen, jetzt für immer mit dem Weibe seines Herzens vereinigt, von Freunden umgeben, unter denen ich Lavater, Baggesen, Pestalozzi nenne, lebt er jetzt mit ungetheilter Seele seinen wissenschaftlichen Plänen. Er begründet die Wissenschaftslehre und hält in Zürich seine ersten Vorträge vor einer freiwilligen Zuhörerschaft, zu welcher Lavater gehört. Hier entstehen seine ersten politischen Schriften, die sich unter seinen Händen unwillkürlich zu Reden gestalten: die Beiträge zur Berichtigung der Urtheile über die französische Revolution und die Zurückforderung der Denkfreiheit an die Fürsten Europas. Wie er aus dem Sittengesetz der kantischen Philosophie die Möglichkeit der Offenbarung in der gegebenen Religion beurtheilt hatte, so beurtheilte er jetzt aus dem Freiheitsbegriff der kantischen Philosophie den gegebenen Staat und die Rechtmäßigkeit der Umwälzung. Seine Beurtheilung ist eine Vertheidigung. Der weltbürgerliche Freiheitsgedanke, der damals in der Menschheit lebendig geworden, der in der kantischen Philosophie sein System, in dem Schiller'schen Posa seine dichterische Form gefunden hatte, ist nie hinreißender, feuriger, rücksichtsloser mit dem vollen Glauben an seine Berechtigung ausgesprochen worden, als in diesen Fichte'schen Reden. Fichte gilt bereits als der bedeutendste unter den Kantianern und zugleich als der kühnste.

Unter den deutschen Universitäten war damals Jena am meisten von der philosophischen Strömung ergriffen und schon eine Haupt= stätte der kantischen Lehre. Die hiesige Literaturzeitung war ihr angesehenstes Organ, Carl Leonhard Reinhold einer ihrer besten Docenten. Seit Jahren hatte er die neue Lehre auf unserem Katheder vorgetragen und in den Studirenden den Geist derselben verbreitet, als ihn ein Ruf nach Kiel seinem hiesigen Wirkungskreise entzog. Doch war man entschlossen, die kantische Philosophie in Jena nicht verwaisen zu lassen. Es galt einen Mann zu finden, der im Stande war, Reinhold zu ersetzen. Da richteten sich die Blicke auf den Philosophen in Zürich. Hufeland war der erste, der an Fichte dachte, und den weimarischen Minister für die Berufung gewann. Carl August selbst gab seine Zustimmung und ließ gegen das Wohl der Universität jede andere Rücksicht schweigen. In einer Zeit, wo in Frankreich Robespierre und in Preußen Wöllner regierte, war es in der That eine große Kühnheit, Fichte nach Jena zu rufen, nur möglich in einem Lande, wo Carl August Herzog und Goethe Minister war.

Fichte kam Ostern 1794. Fünf Jahre vorher war Schiller nach Jena berufen worden. Mit Fichte zugleich wurden der Orientalist Ilgen und der Historiker Woltmann erwartet. Es war unter den Studenten ein unbeschreiblicher Jubel über dieses Triumvirat. Doch

Fichtes Name tönte vor Allen, die Erwartung auf ihn war aufs höchste gespannt. Man hatte das Vorgefühl von einer außerordentlichen über das gewöhnliche akademische Maaß hinausgerückten Erscheinung, und die Jugend der Universität war ganz vorbereitet und empfänglich für eine außerordentliche und tiefgreifende Wirkung.

Jetzt war Fichtes Lebensrichtung entschieden. Das Wort sollte seine That sein und sein Schauplatz nicht die Kanzel, sondern das Katheder. Doch warum hätte bei ihm das Wort nicht zugleich That, das Katheder nicht auch Kanzel sein sollen? Hier macht sich seine Doppelnatur geltend. Er wird die Wissenschaft lehren und zugleich durch sie reformiren; erst die Wissenschaft in ihrer reinen, abgezogensten Form, dann ihre Verwandlung in die sittlich erhebende Rede, die philosophische Predigt. In diesem Sinn theilen sich seine Vorlesungen in private und öffentliche, in den Unterricht der Wissenschaftslehre und in Reden an die studirende Jugend. So liest er gleich in dem ersten Semester über die Bestimmung des Gelehrten. Es sind Reden an die Studenten, wie er später Reden an die Nation hält. Eine solche Sprache war vom Katheder herab noch nicht gehört worden. „Sie wissen," sagt er in der Schlußvorlesung, „daß ich den Gelehrtenstand, mithin den akademischen Unterricht, mithin das akademische Leben als wichtig für die Welt und für das gesammte Menschengeschlecht ansehe. Sie wissen, daß ich in dem studirenden Publikum das Bild des künftigen Zeitalters und das Saamenkorn aller künftigen Zeitalter erblicke, und ich halte Sie, meine Herren, für gar keinen unwichtigen Theil des gegenwärtig studirenden Publikums. Entweder Sie müssen glauben, daß jene Ideen blos Spiele

des Witzes sind, ausgesonnen, um müßige Stunden auszufüllen, oder
wenn Sie glauben, daß mein Verstand überzeugt und mein Herz
erfüllt ist von dem, was mein Mund sagt, so müssen Sie erwarten,
daß ich mit Ernst und Wärme über Gegenstände reden würde, über die
nur derjenige zu schweigen das Recht hat, der nun einmal die Dinge
nicht aus Ihrem Gesichtspunkte sieht. — Sie können es wissen, was
Sie einst sein werden; hier ist die Probezeit; hier sehen Sie im Bilde
Ihr künftiges Leben. Hier sehen Sie, ob Sie in jenen Schilderungen
der Erhabenheit ein Ihnen völlig unähnliches Wesen oder sich selbst
bewundert haben. Es ist hier nicht von Verläugnung Ihrer wahren
Vortheile, Ihrer wahren Rechte, Ihrer wahren akademischen Freiheit
die Rede, es ist nicht von Bekämpfung des gegen Sie verschworenen
Erdballs, sondern nur von Bekämpfung einer falschen Schaam, die
in Ihnen selbst liegt, es ist nicht von Verachtung des Todes, es ist
von Verachtung einer lächerlichen Meinung die Rede, von deren
Absurdität Ihr gesunder Verstand Sie bei dem geringsten Nachdenken
überzeugen kann! Sollten Sie jetzt des kleinen Muths nicht fähig
sein, wie wollten Sie jemals des größeren fähig werden! — Und so
überlasse ich Sie denn Ihrem eigenen Nachdenken, gebe Ihnen meine
letzten Worte an Sie in diesem Halbjahr in die Welt oder in die
Tage Ihrer Erholung mit. Ich danke Ihnen nicht für den Beifall,
den Sie mir durch Ihre zahlreichen Versammlungen bezeugt haben.
Ich will nicht Beifall, ich will nichts für mich. In den Empfin-
dungen, die mich jetzt überströmen, was bin ich! Aber wenn Sie
hier erschüttert, bewegt und zu edlen Entschließungen angefeuert wurden, so danke ich Ihnen im Namen der Menschheit für diese

Entschließungen. Sie, die Sie uns verlaßen, ich bitte Sie nicht, sich dieser Akademie oder meiner zu erinnern, was sind wir! Aber ich bitte Sie im Namen der Menschheit, sich Ihrer Entschließungen zu erinnern. Sie, die Sie bei uns bleiben, die ich einst hier wiederseben werde, lebten Sie mit gereiften, befestigten Entschließungen zurück, und so leben Sie wohl!"

Mit dem akademischen Lehramt vereinigt Fichte die reformatorische Wirksamkeit auf die Studenten. Das ist ganz in seinem Charakter; auch die Art, wie er es thut. Er wendet sich unmittelbar an die Studenten selbst, und wie er den Werth und die Bestimmung der akademischen Jahre unter dem höchsten Gesichtspunkte begreift, so will er diese seine Ueberzeugung hinüberpflanzen in den Geist der akademischen Jugend und auf diese Weise von innen heraus das Studentenleben reformiren. Seine Zuhörer in Jena repräsentiren ihm die gesammte Jugend der Universitäten, wie später seine Zuhörer in Berlin ihm die gesammte Nation vorstellen. Jena selbst bietet durch seine akademische Bedeutung der Wirksamkeit Fichtes eine große Tragweite. Von dem äußersten Ende Rußlands bis tief in die Schweiz und von der Nordsee bis an die türkische Grenze versammelt sich hier die Blüthe der Jugend aus jenem glücklichen Mittelstande, dessen Beßere von jeher alles Gute und Große, das in der Menschheit ist, in sie gebracht haben. So schildert er selbst seinen hiesigen Wirkungskreis. Diese Universität zu veredeln durch eine Sittenreform der Studenten, ist für Fichte eine unwiderstehliche Aufgabe. Darum hält er seine öffentlichen Vorträge über Moral für Gelehrte; daneben sucht er durch persönlichen Verkehr auf die

Studenten einzuwirken. Jenes Treiben, das Zachariä in seinem „Re=
nommisten" komisch geschildert hat, will Fichte durch den echten
Geist akademischer Freiheit, dem er Raum schafft in den Studenten,
den Untergang bereiten. Der Heerd des Verderbens liegt in den
Orden, die den sogenannten echten Burschenton und das gegen die
Einflüsse des Zeitgeistes sich abschließende Studententhum von Ge=
schlecht zu Geschlecht fortpflanzen. Er ist der erste Professor, der
einen moralischen Feldzug führt gegen das eitel abgesonderte und sich
isolirende Lebenssystem der deutschen Studenten. Und es gelingt
ihm, mit der Macht seines Worts und seiner Person zu siegen. Die
Orden lösen sich auf, sie legen in seine Hand ihre Ordensbücher
nieder, sie sind bereit, ihm den Entsagungseid zu leisten. Fichte
übernimmt die Vermittlung zwischen den Staatsbehörden und den
Studentenorden, und während die Sache ihren richtigen, nur ge=
schäftsmäßig langsamen Gang geht, wird den Studenten von böser
Seite her eingeflüstert, daß Fichte mit ihnen ein zweideutiges Spiel
getrieben und sie an die Höfe verrathen habe. Einer der drei Orden
läßt sich bethören und mit so blindem Haß gegen Fichte erfüllen, daß
sie ihn und die Seinigen mit den größten Schmähungen und mehr
als einmal mit nächtlichen Steinigungen verfolgen. Ungeschützt und
fast Preis gegeben diesen Ausbrüchen der Wuth, muß Fichte, um
die Seinigen zu sichern, auf eine Zeitlang Jena verlassen und den
Sommer 1795 auf dem Dorfe Osmannstädt bei Weimar zubringen.

Neben diesen Studentenorden hat er zugleich einen zweiten Feind
gegen sich heraufbeschworen, und so sieht er sich schon im ersten
Winter seiner hiesigen Thätigkeit in einen zwiefachen Conflikt

verwickelt. Seine Reden über Moral sollen allen Studenten zugänglich sein und darum mit keiner akademischen Vorlesung zusammentreffen. Wie er diese Reden zum zweitenmale eröffnet, wählt er deshalb eine Sonntagsstunde, die der Gottesdienst frei läßt. Da klagt ihn die oberste Kirchenbehörde an, daß er sich eines absichtlichen Angriffs gegen den Gottesdienst des Landes schuldig gemacht habe. Die Sache kommt vor den Herzog, die Vorlesungen werden vorläufig gehemmt, der Fall genau untersucht, und die endgiltige Entscheidung des Herzogs spricht Fichte von jedem Vorwurf frei, anerkennt rühmend die Absicht und den Charakter seiner Vorträge und gestattet deren Fortsetzung selbst am Sonntag, wenn eine andere Zeit, nicht frei stehe. Fichte nimmt sie wieder auf, aber schon ist unter den Studenten selbst der Haß gegen ihn in Gährung und er begibt sich dieser Vorlesungen noch vor dem Schluß des Semesters.

Doch sind diese reformatorischen Versuche nicht vergeblich gewesen, sie haben unter den Studirenden einen Geist verbreitet, der sich gegen die Orden erklärt und eine neue Gemeinschaft bildet, „die Gesellschaft freier Männer" wie sie sich nannte. Von diesen Jünglingen, die damals von Fichtes Geist beseelt waren, ist einer ein wichtiger Denker, ein Anderer ein bedeutender und seinem Vaterlande wohlthätiger Staatsmann geworden: Herbart der Philosoph und Smidt der Bürgermeister von Bremen, damals einer der treuesten und nächsten Anhänger Fichtes. Die Reformation, welche das deutsche Studentenwesen erlebt hat und die uns ihre Früchte trägt, ist von Jena ausgegangen und Fichte ist ihr Urheber gewesen.

Schon ist der gehässige und heimlich genährte Leumund gegen ihn in vollem Zuge. Im Stillen rüsten sich seine Feinde und lauern, wie sie ihn fangen können. Eine Zeitschrift, deren Name längst verschollen ist, nannte damals seine Sonntagsvorlesungen einen Vernunftgötzendienst nach dem Vorbilde der französischen Revolution. Der Hinterhalt ist ihm gelegt und droht bereits von einer mächtigen Stelle. Ich komme auf die Begebenheit, die zwischen Jena und Fichte den unheilbaren Riß machte, auf die Ursachen, deren letzte Folge die war, daß Fichte als ein freiwillig Verbannter Jena verließ. Ich will nicht hineinblicken in die schlimmen Triebfedern, die allemal zusammenwirken, wenn es gilt, einen Mann in seinem Beruf zu beschädigen, wo möglich um seiner Lehre willen zu vernichten. Sie entspringen in der niedrigsten Gegend der menschlichen Natur und hängen mit deren unlautersten Leidenschaften zusammen. Bei den Alten hieß es, das Schicksal sei neidisch. Bei uns ist umgekehrt der Neid ein häufiges Schicksal! Also nichts von diesen Triebfedern und ihrer neidisch-schadenfrohen Art, nichts von diesem Geschlecht, das wir kennen gelernt haben und nicht blos aus den Büchern! Ich verschweige die Namen, — es sind nur zwei — die von ihrem Haß gegen Fichte in den Akten unsrer Universität Zeugnisse zurückgelassen haben, über die wir heute, nach mehr als einem halben Jahrhundert, noch schamroth werden müssen. Solche Leute haben nichts zu fürchten. Die Nachwelt vergißt sie und die Gegenwart hat für ihresgleichen im Parteidienst eine neue Art von Ablaß erfunden.

Die günstige Gelegenheit kam, bei der sie Fichte greifen konnten.

In der philosophischen Zeitschrift, die er mit Niethammer herausgab, hatte Fichte einen Aufsatz Forbergs über das Wesen der Religion veröffentlicht und zugleich seine eigene davon unterschiedene Ansicht hinzugefügt in einer selbstständigen Abhandlung „über den Grund unseres Glaubens an eine göttliche Weltregierung." Der einfache Grundgedanke war: unser sittliches Handeln ist unmittelbar Glaube an eine sittliche Wirkung desselben, oder an die Erfüllung des sittlichen Zwecks, also an eine Ordnung der Dinge, in der das Gute nur aus dem Guten hervorgehen könne, d. h. an eine moralische Weltordnung. Dieser Glaube sei nicht auf Schlüsse gegründet, sondern ursprünglich wie die moralische Freiheit selbst. Sein wirksamer und lebendiger Inhalt sei diese sittliche Ordnung der Welt, diese sei das Göttliche selbst, das durch jede beschränkende und menschenähnliche Vorstellung aus dem religiösen Glauben in den eudämonistischen herabgesetzt werde. Der Gegenstand des ersten sei die weltregierende Gottheit, der Gegenstand des andern die menschengefällige. Jene sei gerecht, diese günstig; die Wurzel des religiösen Glaubens sei die Sittlichkeit und die unbedingte Hingebung, die Wurzel des eudämonistischen Glaubens sei unter allen Gestalten die Selbstsucht. Auf diese ewige Ordnung der Dinge hinblickend hatte Fichte mit dem Goethe'schen Ausspruch geschlossen:

Erfüll' davon dein Herz, so groß es ist,
Und wenn du ganz in dem Gefühle selig bist,
Nenn' es dann wie du willst,
Nenn's Glück! Herz! Liebe! Gott!

Ich habe keinen Namen dafür,

Gefühl ist Alles,

Name ist Schall und Rauch,

Umnebelnd Himmelsgluth!

An diese Schrift hing sich bleischwer die schon lauernde Verfol=
gung. Einige Jahre vorher hieß die Anklage: er hat den Sabbath
entheiligt! Jetzt rief man: er hat Gott gelästert! Erst wurde es an
passenden Orten mündlich weitergegeben, daß seine Lehre verderblich,
ja gefährlich sei; dann kam eine anonyme Schrift, die in solchen
Fällen nicht ausbleibt, die unter dem Scheine, als ob sie von einem
unparteiischen Dritten ausginge, die Anklage selbst mit dem Verstande,
welchen die Bosheit aufbringt, populär machte. Es war das „Schrei=
ben eines Vaters an seinen studirenden Sohn über den Fichte'schen
und Forberg'schen Atheismus.“ Die Autorschaft sollte dem Theologen
Gabler in Altdorf angedichtet werden. Dieser würdige Mann, so
wenig er mit Fichtes Lehre einverstanden war, wies das Gerücht mit
der größten Entrüstung zurück, empört, daß man ihm etwas
Schändliches zugetraut habe. Der Verfasser ist bis heute ver=
borgen geblieben. Jetzt nahm eine fremde Regierung, die chursächsische,
die Sache in die Hand. Sie ließ die Fichte'sche Zeitschrift confisciren
und forderte von den fürstlichen Erhaltern unserer Universität Fichtes
Bestrafung. So zog sich gegen ihn die Untersuchung zusammen. Auf
das Verbot seiner Schrift antwortete Fichte mit der „Appellation an
das Publikum gegen die Anklage des Atheismus, „eine Schrift, die
man erst zu lesen bittet, ehe man sie confiscirt.“ Um sich vor seinen

Fürsten zu vertheidigen, schrieb er seine gerichtliche Verantwortung.
Einige deutsche Regierungen folgten der Aufforderung Chursachsens, die
Schrift Fichtes zu confisciren. Preußen wies die Aufforderung zurück.

Die weimarische Regierung war für Fichte, sie wollte ihn der
Universität erhalten, zugleich die Universität gegen ein Verbot im
Auslande schützen und die ganze Sache in der Stille mit einem wohl=
gemeinten Verweise beilegen. Dieser Verweis mußte dem Betroffenen
durch den akademischen Senat zukommen. Auf diesem Wege wollte
ihn Fichte nicht annehmen. Ohne den Ausgang abzuwarten, schrieb
er an den Minister, daß er den Verweis mit seinem Entlassungsgesuch
beantworten, daß mit ihm zugleich mehrere gleichgesinnte Freunde die
Universität verlassen und einen andern Wirkungskreis an einem neuen
Institut aufsuchen würden. Er dachte an Mainz und erfuhr sehr
bald, wie wenig die französische Republik gesinnt und fähig war,
deutsche Universitäten zu ziehen.

Jener Brief Fichtes gab den Ausschlag. Er war fast drohend
geschrieben, und diesen Ton wollte die Regierung nicht dulden. Goethe
selbst erklärte, daß er gegen seinen Sohn votiren würde, wenn er
sich eine solche Sprache gegen ein Gouvernement erlaubte. Man
könne sich über den Verlust trösten. „Ein Stern gehe unter, ein
anderer auf!" — Fichte erhielt mit dem Verweis zugleich die Ent=
lassung. Er schrieb einen zweiten Brief, der den ersten zurücknehmen
sollte. Es blieb bei der getroffenen Entscheidung. Die Studenten
richteten in Masse Bittschriften um Fichtes Wiederherstellung an den
Herzog, die Bitte wurde dreimal wiederholt und abgeschlagen. Unter
den Bittenden sind die Namen Dahlmann und Steffens.

Der Schlag traf am härtesten die Universität. Einige triumphirten, sie hatten einen großen Collegen weniger und schienen sich dadurch größer. Den Meisten wurde unheimlich zu Muthe, die Universität war ihnen verleidet, und vier Jahre nach Fichtes Entlassung hatte Jena Paulus, Niethammer, Woltmann, Hufeland, Ilgen verloren.

Fichte selbst durfte in seinem letzten Benehmen gegen die weima= rische Regierung sich manches vorwerfen. Sein erster Brief wollte eine Drohung sein und war ein erfolgloser und übereilter Fehlgriff. Der zweite war schlimmer, er war eine Inconsequenz, die Paulus Zureden und der Drang der Umstände ihm abgewonnen und die Fichte selbst tief bereut hat. Zumuthen konnte ihm Niemand, daß er den Verweis hätte hinnehmem sollen, den er nach seiner ganzen Handlungsweise als unverdient ansehen mußte. Und doch wer möchte ihm zürnen, daß er einen Augenblick schwankte, daß er seinem Lehr= amt zu Liebe dem Verweise erst vorbeugen, dann ihn ertragen wollte, um seine Lehrthätigkeit zu erhalten? Wenn die Regierung den Ver= weis, der kaum so zu nennen war, nicht sparen konnte: warum, möchte man fragen, ließ man dem schwerbedrängten Mann nicht die Initiative seiner Entlassung?

Wenn ich mir vergegenwärtige, wie Fichte in Jena gewirkt, wie er durch fünf Jahre den Geist der Studenten geweckt und in Unruhe gesetzt, wie ihn seine Feinde verfolgt und zuletzt dazu gebracht haben, daß er wie ein Verbannter von hier fortging, so wollen mir die Worte des Sokrates nicht aus dem Sinn, die er vor seiner Verurthei= lung zu den Athenern sagte, und etwas Aehnliches hätte Fichte hier sagen können: Wenn ihr mich nicht mehr haben werdet, so werdet

ihr nicht leicht einen Andern finden wie ich, der ordentlich von dem
Gott euch beigegeben ist wie einem großen und edlen Roß, das aber
sich zur Trägheit neigt und der Anreizung durch den Sporn bedarf
und als einen Sporn hat mich der Gott euch zugesellt, der ich euch
anzuregen, zu überreden, zu verweisen den ganzen Tag nicht aufhöre,
überall euch anliegend!

Oder thue ich Unrecht, daß ich die kleine Universität mit dem
großen Rosse vergleiche? Es ist wahr, Fichte bedurfte, um mit voller
Kraft und Geltung in seiner Weise zu wirken, einen größeren Raum
und eine durch erschütternde Weltbegebenheiten aus ihrem täglichen
Gleise herausgerückte Zeit, ich meine eine solche Zeit, in der plötzlich
und wie mit einem Schlage die Güter des Lebens, welche die Menschen
schlaff und eitel machen, in ihrem Werth sinken. Er fand den
größeren Schauplatz in der Hauptstadt Preußens, wo ihm der König
selbst mit einem Worte, das diesem Könige nicht vergessen wird, die
sichere Zuflucht gewährte.

Bald kam die Zeit, die für Fichte gemacht war, die der Welt,
die ihn nicht fassen konnte, den Sinn für diesen Mann weckte, die
der Welt den Muth gab, ihn zu verstehen, weil sie wegräumte Alles,
was diesen Muth hinderte: „denn der Mensch verkümmert im Frieden,
müßige Ruh' ist das Grab des Muths, aber der Krieg läßt die
Kraft erscheinen, Alles erhebt er zum Ungemeinen, selber dem Feigen
erzeugt er den Muth."

Es kam der Krieg über Deutschland, mit ihm der Untergang
eines ausgelebten und verfallenen Zeitalters, der Aufgang eines neuen.

Im Gefühl dieser verlebten und innerlich schon verwesenden Zeit hatte Fichte in seinen ersten Vorlesungen zu Berlin die ohnmächtige Gegenwart geschildert. Schon das folgende Jahr brachte den Krieg, der mit Tilsit endete. Fichte wollte nicht in der eroberten Stadt bleiben, wollte der Fremdherrschaft sich nicht unterwerfen, nicht seinen Nacken beugen unter das Joch des Treibers. Nach der Schlacht von Jena geht er nach Königsberg, nach der Schlacht von Friedland eilt er nach Memel und von da nach Kopenhagen. Vor dem Beginn des Krieges hat er einen Sommer in Erlangen über das Wesen des Gelehrten, während des Krieges einen Winter in Königsberg über die Wissenschaftslehre gelesen.

Erst nach dem Frieden kehrt er zurück nach Berlin. Seine erste That sind die Reden an die Nation. Jetzt ist die Zeit da, die er gefordert hat; die sittliche Wiedergeburt ist zur gebieterischen Nothwendigkeit, zur Sache des Volks geworden, die Erneuerung Preußens beginnt von Innen heraus. An einer solchen Wiedergeburt ist auch die Wissenschaft mit ihrer Arbeit und mit ihrem Dasein betheiligt. Das neue Preußen verlangt eine neue im Geist der Regeneration gegründete Universität, und Fichte ist unter den ersten Männern, deren Rath man einholt. Er will die Nationalerziehung in die Universität eingeführt sehen und entwirft in diesem Sinne seinen Plan für die Gründung der Universität Berlin. Dieser Plan faßt das akademische Gemeinwesen so streng zusammen, daß er weder für den Umfang der neuen Hochschule noch für die zwanglose Art des akademischen Lebens gerecht scheint. Fichte wollte die Universität so verfaßt wissen, daß sie durch die Wissenschaft und ihren Gebrauch die Erziehung vollendet, er nahm sie als ein erziehendes Institut. Humboldt's Plan wurde dem Fichte'schen vorgezogen. Die Universität wurde gegründet, ein Denkmal jener Zeit der geistigen Erneuerung Preußens. Fichte war der erste vom Senat gewählte Rektor der Universität. Bald bringt ihn seine Amtsführung in Zwiespalt mit seinen Collegen, und wie er nach seinen Grundsätzen zu handeln sich gehindert sieht, legt er das Amt noch vor dem Ablauf desselben nieder.

Endlich kommt sie für Preußen, für Deutschland die Stunde der Befreiung, wo das Joch fallen mußte, wo wir die fremden Landvögte nicht mehr ertragen wollten. Auf den Ruf des Königs erhebt sich das Volk. Fichte entläßt seine Zuhörer zu den Waffen. Er selbst ist bereit, mit den Waffen zu gehen und unter den Kämpfenden zu sein mit dem Feuer seiner Rede. Da man ihn zurückläßt, so ist er unter denen, die im äußersten Fall den letzten Kampf führen werden für Weib und Kind, für Haus und Altäre. Wir haben sie unter uns die Zeugen, die ihn damals gesehen haben, in der Hand die Waffe des Landsturms!

Der Krieg nähert sich der Hauptstadt. Die Siege von Groß= beeren und Dennewitz retten Berlin und bevölkern seine Lazarethe mit verwundeten Kriegern. Jetzt ist der Heldenmuth bei den Frauen. Fichtes Frau ist unter den ersten, welche die Pflege der Kranken übernehmen, und fünf Monate hindurch lebt sie mit einer helden= müthigen Aufopferung nur dieser Pflicht. Da wird sie selbst von der Krankheit ergriffen, welche die Lazarethe erzeugt und verbreitet haben. Bald scheint die letzte Hoffnung verschwunden. Und eben jetzt soll Fichte seine Vorlesungen über die Wissenschaftslehre wieder beginnen;

da nimmt er Abschied für das Leben von der treuen Gefährtin, geht in die Universität und liest zwei Stunden nach einander über die abgezogensten und schwierigsten Materien, und wie er zurückkehrt, findet er die Gattin nach einer überstandenen wohlthätigen Krisis dem Leben zurückgegeben. Ueberwältigt von Dank und Rührung sinkt er vor ihr nieder, und in diesem Augenblicke, so glaubt man, habe er selbst den tödtlichen Hauch empfangen. Schnell eilt seine überkräftige Natur dem Tode entgegen. Doch dieser Mann soll nicht sterben, ohne den Sieg mit hinüberzunehmen. Seine letzte Lebensfreude ist die Nachricht, daß Blücher über den Rhein gegangen und die deutsche Erde von der Herrschaft der Fremden befreit sei. Mit diesem Sieges=bewußtsein ist er hinübergegangen.

In diesem Tode ist etwas, das mich immer wieder an jenen Helden des Alterthums erinnert, den ich schon früh vor Allen bewundert habe, der den Pfeil aus der Wunde zog, als er hörte, daß die Seinigen gesiegt hätten. „Du stirbst, Epaminondas, und hinterläßt uns keine Söhne!" „Aber ich hinterlasse euch zwei unsterbliche Töchter, die Siegesschlachten von Leuktra und Mantinea!"

Und wenn heute der Name Johann Gottlieb Fichte, nach=dem er sein erstes Jahrhundert erfüllt hat, dankbar von den Deutschen gefeiert wird: als einer unsrer geistigen Feldherrn, der angelegt hatte die Waffen des Lichts, als einer der Tapfersten, ein „philo=sophus egregie cordatus", so bezeugen wir es, daß auch er der Welt unsterbliche Thaten hinterlassen hat, seine Kämpfe und seine Siege!

Die beiden

kantischen Schulen

in Jena.

Rede zum Antritt des Prorektorats, den 1. Februar 1862

von

Kuno Fischer.

Vorwort.

Der Gegenstand der folgenden Rede ist unabhängig von der Gelegenheit, bei der ich ihn zur Sprache gebracht habe. Ich habe im weitesten Umfange die Standpunkte vor Augen gehabt, welche die deutsche Philosophie seit Kant in ihren Hauptzügen ausgebildet hat; diese Standpunkte, bezeichnet durch die Namen: Kant, Reinhold, Fichte, Schelling, Hegel, Fries, Herbart, Schopenhauer habe ich ordnen und so darstellen wollen, wie sie sich nach ihren innern Verhältnissen auf einander beziehen. Man darf einer Rede nicht zum Vorwurf machen, daß sie kein Buch ist. In der von dem Zeitmaß begrenzten Rede konnten die Lehrbegriffe, deren jeder seine besondere systematische Ausführung hat, nur in ihren Elementen beleuchtet werden. Zugleich lag es in der Absicht der Rede, die berühmte und umfassende Streitfrage zwischen Fries auf der einen, und Reinhold, Fichte, Schelling, Hegel auf der andern Seite in den Vordergrund zu rücken. Daher ihr Thema, das gewiß darum dem allgemeinen Interesse an der deutschen Philosophie nicht fern liegt, weil es der Universität Jena nahe steht. Es gab eine Zeit, wo, um mit Forberg zu reden, Jena die Hauptstadt der Philosophie war.

——— —— ——

Hochgeehrte Versammlung!

Unsere akademischen Gesetze verlangen, daß der jedesmalige Pro-
rektor vor der versammelten Universität seinen Amtsantritt durch den
Akt einer Rede bezeichnet. Es ist diese Rede die einzige Feierlichkeit,
die wir mit dem Wechsel des Prorektorats verbinden, der erste öffentliche Ausdruck der übernommenen Amtsführung, und zugleich, wenn
man will, eine günstige Gelegenheit, das auszusprechen, was man
etwa der ganzen Universität sagen möchte. Je universeller eine Wissenschaft ist, um so mehr dürfte sie zu einer solchen Rede Stoff bieten.
Und so sollte es bei dieser Gelegenheit am wenigsten einem Lehrer
der Philosophie am richtigen Thema fehlen.

Die Bedeutung der Philosophie im Umkreis der akademischen Wissenschaften, in der Aufgabe der akademischen Bildung ist so universeller
Natur, daß schon dieser Punkt mit Recht zum Gegenstand einer Rede
gewählt werden könnte, die sich an eine Versammlung aus allen
Fakultäten richtet. Indessen habe ich nicht vor, hier die Sache der
Philosophie als solcher zu führen. Ich will den Schein nicht nehmen,
als wollte ich der Wissenschaft, die ich lehre, eine Lobrede halten;
ich weiß außerdem, daß ich einer Versammlung gegenüberstehe, die,
wie verschiedenartig ihre wissenschaftlichen Interessen und Beschäftigungen

sind, jene Geistesbildung und Freiheit besitzt, die stets eine Freundin der Philosophie ist. Ihnen gegenüber fühle ich kein Bedürfniß, eine Wissenschaft zu vertheidigen, deren Werth Sie am wenigsten verkennen. Sie könnten mir antworten, was im Alterthum jemand einem Philo= sophen sagte, der eine Lobrede, ich weiß nicht auf welche Tugend, halten wollte: „wer tadelt sie denn?"

I.

Es ist die große und wohlthuende Erinnerung an den hier gepflegten und durch eine Reihe von Generationen aufrecht erhaltenen Geist der Philosophie, die mich auf ein anderes Thema führt. So weit die Geschichte der deutschen Philosophie seit Kant abgeschlossen und als Vergangenheit vor uns liegt, gibt es in ihrem Verlauf kaum einen bedeutenden und geschichtlich befestigten Namen, der nicht mit unserer Universität irgend wie verbunden wäre; die meisten und berühmtesten gehören der Geschichte dieser Universität an, sie sind die Namen jenaischer Professoren. In Königsberg entstand die Philosophie, welche bis zu diesem Augenblick den Gang der deutschen Spekulation beherrscht, von der die folgenden Systeme theils durch Fortbildung theils durch Ent= gegensetzung abstammen. In Jena findet die kantische Philosophie ihren günstigsten Schauplatz, ihre bedeutendste Schule, ihre reichste und frucht= barste Entwicklung. Ich nenne die Namen: Reinhold der Aeltere, Schiller, Fichte, Schelling, Hegel, Oken, Fries.

Es gibt keinen namhaften Denker seit Kant, der die eigene Lehre nicht mit der kantischen auseinandergesetzt, nicht aus dieser, sey es durch Fortbildung oder Entgegensetzung, abgeleitet hätte: keinen, der nicht den Beweis hätte führen wollen, daß die kantische Lehre, richtig verstanden und unabhängig beurtheilt, geraden Weges zu der seinigen führe.

Um die Reihe der bedeutenden Philosophen zu ergänzen, nenne ich noch zwei Männer, deren Lehren weit von einander abstehen und zugleich jede in ihrer Weise der in Jena fortgepflanzten kantischen Schule widerstreiten, wenn es erlaubt ist, unter diesem Namen die Reihe der philosophischen Denker von Reinhold bis Fries zusammenzufassen. Herbart ist der eine, Schopenhauer der andere. Wer die Philosophie dieser Männer kennt, weiß, wie genau sie mit der kantischen Kritik zusammenhängen. Bei aller Verschiedenheit in den Ergebnissen will Schopenhauers Lehre, die ihre Bedeutung früher verdient als gewonnen hat, nichts Anders seyn als die richtig verstandene Philosophie Kants, sie will die einzige Philosophie seyn, welche die kantische richtig verstanden, consequent fortgebildet habe. Bei aller Verschiedenheit in der Grundlage läßt sich die Lehre Herbarts selbst im Geiste ihres Urhebers so darstellen, daß von Kant zu Herbart nur ein Schritt — wie es scheint, ein unvermeidlicher — führt. Kant gab eine Kritik der Vernunft. Er entdeckte die Begriffe, ohne welche keine Erkenntniß stattfindet. Muß eine Kritik der Vernunft nicht auch eine Kritik jener Begriffe seyn? Muß sie es nicht um so nachdrücklicher seyn, als eine nähere Prüfung hier Schwierigkeiten und Widersprüche entdeckt, welche diese zur Erkenntniß nöthigen Begriffe undenkbar, ihren Gebrauch unmöglich erscheinen lassen, also die Erkenntniß selbst in Frage stellen? Müssen also nicht diese Widersprüche entfernt, diese Begriffe denkbar gemacht, die Erkenntniß eben dadurch ermöglicht werden? Wird sie nicht erst dadurch möglich gemacht? So erscheint diese Untersuchung, diese „Bearbeitung der Begriffe" als die Grundlage aller Philosophie, als die eigentliche Metaphysik. Und damit stehen wir im Mittelpunkt der herbartischen Lehre.

Sind nun auch Herbart und Schopenhauer nicht jenaische Pro= fessoren gewesen, so stehen sie doch mit unserer Universität in einer gewissen Gemeinschaft. Herbart war jenaischer Student, er hat hier Fichte gehört und den für die Gründung der eigenen Philosophie wich= tigen Einfluß der Wissenschaftslehre empfangen. Und Schopenhauer war jenaischer Doktor, er hat hier mit einer Abhandlung promovirt, die zu seinen wichtigsten Schriften zählt und das eigentliche Programm seiner Philosophie bildet, ich meine die Schrift über die vierfache Wurzel des Satzes vom Grunde.

II.

Ich kehre zurück zu den jenaischen Professoren, die auf dem hie= sigen Katheder die kantische Philosophie entwickelt und fortgebildet haben. Diese Entwicklungsgeschichte umfaßt einen Zeitraum von sechs= undfünfzig Jahren, der mit dem Auftreten des älteren Reinhold be= ginnt und mit dem Tode von Fries endet. Ich muß es hervorheben als eine Thatsache, die einzig und ohne Vergleich dasteht in dem An= denken deutscher Hochschulen: daß an einer Universität, die sich gern zu den kleinen zählen läßt, in einem Zeitraum von mehr als einem halben Jahrhundert in ununterbrochener Reihenfolge die bedeutendsten

Repräsentanten der deutschen Philosophie gelehrt haben, daß in diesem Zeitraum nicht ein Augenblick war, wo es der Philosophie in Jena an einem leuchtenden Namen fehlte, daß in so langer Zeit die philo= sophische Geistesströmung in Jena nie Ebbe, sondern immer Fluth gehabt hat. Fries hatte im Jahre der Schlacht Jena verlassen, um nach einer zehnjährigen Lehrthätigkeit in Heidelberg hierher zurückzu= kehren, aber Jena behielt Hegel. Und als dieser zwei Jahre später dem Rufe nach Nürnberg folgte, war in dem Jahre vorher Oken nach Jena berufen worden. Zu derselben Zeit fanden sich hier zusammen Schiller, Fichte, Schelling, dann Schelling, Hegel, Fries, dann Hegel, Fries, Oken.

Unter diesen unserer Universität und der Welt wichtigen Männern ist ein ihre Lehren betreffender Gegensatz, den ich hervorheben und näher betrachten will. Eines ist allen gemeinschaftlich: die kantische Philosophie, von der sie ausgehen, die sie fortbilden wollen.

Reinhold war der Erste, der in seinen Briefen über die kantische Philosophie deren Verständniß einem weitern Kreise aufschloß, der unter der öffentlichen Anerkennung des Meisters hier die kritische Philosophie mit einem glücklichen Talent und mit großem Erfolge lehrte, der in seiner Elementarphilosophie den ersten bemerkenswerthen Versuch zu einer Fortbildung machte. Dieser Versuch nahm eine Richtung, die er bei weitem nicht bis zum letzten Ziele verfolgte. Dazu fehlte dem Ur= heber die Kraft und die Kühnheit. Fichte's Wissenschaftslehre kam und vollendete, was Reinhold begonnen. Aus der Wissenschaftslehre folgte in nächster Abkunft Schellings Naturphilosophie und aus dieser entwickelte sich das System Hegels.

Unter dem kantischen Gesichtspunkt betrachtet, lassen sich diese Philo=
sophen, so verschieden ihre Systeme sind, so heftig sie selbst einander
bekämpfen, doch in e i n e Gruppe zusammenfassen. Sie sind von einem
obersten Grundgedanken beherrscht, aus welchem sie die kantische Philo=
sophie verstehen und fortbilden. Unter diesem Grundgedanken beginnt
in Reinhold eine Richtung spekulativen Denkens, welche die Metamor=
phosen der Wissenschaftslehre und Naturphilosophie durchlaufen muß und
erst in Hegel ihr Ziel erreicht.

Aber jenem Grundgedanken gegenüber ist eine entgegengesetzte Rich=
tung denkbar, welche die kantische Philosophie als Grundlage festhält
und von hier aus die von Reinhold eingeführte Fortbildung derselben
bekämpft. Diese Position nimmt Fries. Er nimmt zu Kant eine
positive und abhängige, zu der Entwicklung der kantischen Philosophie
in Reinhold, Fichte, Schelling und Hegel eine entschieden polemische
Stellung ein.

Diesen Gegensatz will ich beleuchten. Es handelt sich dabei im
Grunde um das Verständniß der kantischen Philosophie und zwar um
die e r s t e Instanz der Beurtheilung Kants. Jede der entgegengesetzten
Seiten behauptet, sie habe die allein richtige Auffassung. Der Wider=
streit ist so klar er seyn kann. Dieser Gegensatz ist ohne Zweifel kein
unwichtiges Problem in der deutschen Philosophie, er ist das wich=
tigste unter den jenaischen Philosophen. Reinhold hat in Jena die
erste, Fries die letzte kantische Schule gestiftet. Es handelt sich um
den Gegensatz dieser beiden Schulen, die von Jena ausgegangen sind,
deren letzte in unserem verewigten Collegen Apelt ihren wichtigsten
Repräsentanten durch einen zu frühen Tod verloren hat. Indem

ich seinen Namen hervorhebe, thue ich es, um sein Gedächtniß zu ehren.

Soll ich das Thema meiner Rede ausdrücklich bezeichnen, so heißt es: Die ältere und jüngere kantische Schule in Jena.

III.

Das ganze Problem läuft auf die Frage hinaus: Was will und kann die Vernunftkritik allein seyn? Wie verhält sie sich zum System der Philosophie? Was ist sie für eine philosophische Wissenschaft?

Der Gründer der kritischen Philosophie hatte unterschieden zwischen der Kritik der Vernunft und dem System der Vernunft. Er wollte unter dem letzteren den Inbegriff aller reinen Vernunfterkenntnisse ver=
standen wissen, aller Erkenntnisse a priori, wie es im Sprachgebrauch seiner Philosophie hieß: mit einem Worte aller metaphysischen Einsichten. Es handelte sich um die Metaphysik. Sie sollte neu begründet werden. Sie sey die schwerste aller menschlichen Einsichten, hatte Kant schon in einer seiner vorkritischen Schriften erklärt, aber es sey noch nie eine geschrieben worden. Die bisherige Metaphysik in allen ihren Systemen sey grundlos: deßhalb grundlos, weil allen diesen Systemen die Selbst=
prüfung der Vernunft gefehlt habe, weil sie aufgebaut seyen ohne eine vorhergehende gründliche Einsicht in das Wesen der menschlichen Ver=
nunft, in die Natur und Grenzen ihrer Erkenntnißvermögen. Diese Selbstprüfung der Vernunft nennt Kant das kritische Geschäft der Philosophie. Er führte es aus in seiner Kritik der reinen Vernunft.

Die kantische Vernunftkritik wollte die Erkenntniß erklären und durch die richtige Erklärung neu begründen. Also mußte sie die Be: dingungen darthun, aus denen die Erkenntniß folgt, die Faktoren, die sie bilden. Die Bedingungen gehen der Thatsache, die Faktoren dem Produkte vorher. Die Bedingungen sind in Rücksicht der That: sache das Prius. Es handelt sich demnach in der Vernunftkritik um die Einsicht in dieses Prius in Betreff der menschlichen Erkenntniß. Dieses Prius bezeichnete Kant treffend als das, was „a priori" sey. Die darauf gerichtete Untersuchung hieß „transscendental." Und die Transscendentalphilosophie sucht nichts Anderes als die Einsicht in die: jenigen Bedingungen, ohne welche keine Vorstellung, kein Urtheil, keine Erkenntniß zu Stande kommt; das ist die Einsicht in unsere apriorischen Vermögen, in die reine Vernunft.

So werden Raum und Zeit erkannt als die reinen Anschauungen, ohne welche keine Vorstellung von irgend einem gegebenen Objekte mög: lich ist. So werden die Kategorien, insbesondere die Causalität, er: kannt als die reinen Verstandesbegriffe, ohne welche kein Urtheil, keine Erfahrung, keine Naturerkenntniß stattfindet. So werden die Ideen, insbesondere die Freiheit, erkannt als die Vernunftzwecke, ohne die es kein sittliches Handeln gibt.

. Alle diese Bedingungen werden auf das sorgfältigste geschieden. Ein anderes sind Anschauungen, ein anderes Begriffe, ein anderes Ideen. Die Anschauungen sind nur sinnlich, die Begriffe nur logisch, die Ideen nur praktisch. Mit der Genauigkeit einer geometrischen Ab: messung wird die Sinnlichkeit vom Verstande, Beide von der Vernunft als dem praktischen Vermögen unterschieden.

So sieht sich die menschliche Vernunft, indem sie ihre Selbst:

prüfung vollendet, gleichsam gespalten in eine Reihe ursprünglicher Vermögen, deren jedes seine Provinz in festbestimmte Grenzen einschließt. Sie sieht sich getheilt in theoretische und praktische Vernunft und als theoretische wieder getheilt in Sinnlichkeit und Verstand. Die Anschauung erzeugt nichts als Größen, der Verstand nichts als Erfahrung, die praktische Vernunft nichts als sittliches Handeln und den darauf gegründeten religiösen Glauben. Für die anschauende (sinnliche) Vernunft gibt es nur Größen, für die nach Verstandesbegriffen urtheilende Vernunft nur Naturerscheinungen, für die praktische nur Zwecke und Ideale, für die fühlende nur ästhetische Objekte.

Wie sich nun die Vernunft theilt in ein solches System von Vermögen, so theilt sich die Erkenntniß, deren Objekt die Vernunft ist, d. h. die Kritik, in ein System philosophischer Wissenschaften. Wie sich in der Vernunftkritik der Verstand vom Willen, so unterscheidet sich im Vernunftsystem die Metaphysik der Natur von der Metaphysik der Sitten.

IV.

Der erste Blick auf diese kurze Skizze der kantischen Philosophie findet das darin enthaltene nächste Problem: die menschliche Vernunft getheilt in eine Reihe ursprünglicher Vermögen! Ist die Vernunft nicht eine? Sind jene Vermögen nicht viele, von einander abgesonderte, deren jedes für sich ist? Wie kann, was Eines ist, zugleich Vieles seyn? Wie kann ein Ding viele Eigenschaften, ein Subjekt viele Kräfte haben? Ist das nicht der klarste Widerspruch? Nicht

eine nach dem Satz des Widerspruchs, dem obersten der Logik, völlig
unbenkbare Sache?

Wenn wir die kritische Philosophie so beurtheilen, so finden wir
uns am Ziele derselben einem Ergebniß gegenüber, das völlig unbenk-
bar erscheint. Wir haben einen in sich widersprechenden Begriff von
der menschlichen Seele: eine Psychologie, die sich mit der Logik nicht
verträgt. Und wenn ähnliche Widersprüche auch in den Naturbegriffen
enthalten sind, wie z. B. sogleich in der Vorstellung verschiedener Eigenschaften und Kräfte in demselben materiellen Dinge, so gibt das eine
Naturwissenschaft, die ebenfalls mit der Logik streitet. Also müssen
vor allem erst die Begriffe untersucht, von ihren Widersprüchen befreit,
mit der Logik in Einklang gebracht, mit einem Worte denkbar gemacht
werden. Genau so beurtheilt Herbart die kantische Philosophie. Genau
so bestimmt er die Aufgabe seiner Metaphysik.

In der Entwicklungsgeschichte der kantischen Philosophie war diese
Auffassung nicht der nächste Schritt. Derselbe Widerspruch macht sich
fühlbar, die Lösung ist eine andere. Die menschliche Vernunft getheilt
in eine Reihe ursprünglicher Vermögen! Diese Vermögen sind alle
in der Vernunft enthalten, in derselben einen Vernunft. Müssen sie
also nicht alle in ihrer Wurzel eines seyn? Es handelt sich darum
diese Einheit zu begreifen, den Unterschied der Vermögen aus der Einheit abzuleiten. In der einen Vernunft sind die vielen Vermögen
identisch. Die Identität wird jetzt das Losungswort. Das Problem
soll durch den Begriff der Identität gelöst werden. Die Lösung wird
mit jedem Schritt, den sie weiter geht, umfassender.

Der geforderten Vernunfteinheit steht gegenüber zuerst innerhalb der theoretischen Vernunft der Gegensatz zwischen Sinnlichkeit und Verstand, dann innerhalb der gesammten Vernunft der Gegensatz zwischen dem theoretischen und praktischen Vermögen, zwischen Erkenntniß und Wille, endlich innerhalb des Universums der Gegensatz zwischen der Natur als dem Objekt der theoretischen — und der Freiheit als dem Objekt der praktischen Vernunft.

Die Einheit von Sinnlichkeit und Verstand entdeckt sich im Vorstellungsvermögen. Die Vorstellung ist sowohl sinnlich als intellektuell. Anschauungen und Begriffe, beide sind Vorstellungen. Diesen ersten Versuch, die beiden Erkenntnißvermögen aus einem Princip abzuleiten, Sinnlichkeit und Verstand in der vorstellenden Vernunft identisch zu setzen, macht Reinhold in seiner Elementarphilosophie.

Die höhere Einheit der theoretischen und praktischen Vernunft entdeckt sich in der Grundthätigkeit der Vernunft als solcher, im Selbstbewußtseyn oder Ich. Den Versuch, aus dem Ich als dem einzigen und alleinigen Princip der Philosophie das Wissen als solches abzuleiten, macht Fichte in seiner Wissenschaftslehre.

Endlich die absolute und höchste Einheit der Natur und Freiheit führt zu jener im engeren Sinn sogenannten Identitätsphilosophie, die Schelling naturphilosophisch, Hegel logisch begründet.

So nimmt die kritische Philosophie schon in Reinhold die Richtung auf die Identität. Dieses Princip der Identität, welches Reinhold in der Vorstellung, Fichte im Ich, Schelling in der schaffenden Natur, Hegel in der selbstbewußten Vernunft und ihrer Entwicklung entdeckt haben will, beschreibt in der Reihenfolge dieser Philosophen mit jedem Schritt eine weitere Sphäre: die engste in Reinhold, die weiteste in Hegel.

Was wird in dieser Entwicklung aus der Vernunftkritik? Sie wird eine Erkenntniß, deren Objekt die Identität, d. h. die Einheit der Vernunft und der Welt ist. Sie wird eine Wissenschaft des obersten Princips sowohl des Erkennens als der Dinge, d. h. sie wird Metaphysik und als solche eine Erkenntniß a priori.

Nun läßt sich innerhalb der Identitätsphilosophie noch über die Fassung und Formel der Identität selbst streiten. Zugegeben, daß in Allem Eines sey, daß ein Princip allen Erscheinungen zu Grunde liege, so bleibt die offene Frage: worin dieses eine Princip besteht? Die genannten Philosophen haben es bestimmt als Vernunft. Diese Fassung läßt sich bekämpfen. Die Vernunft — so kann man einwenden — ist gar nicht ursprünglich, vielmehr ist sie abgeleitet und vielfältig bedingt, sie ist selbst eine Erscheinung, eine sehr späte, die als solche erst im Menschen hervortritt: das wahrhaft Ursprüngliche, das der Vernunft vorausgeht, diese erst bedingt und erzeugt, das absolut spontane Princip jeder Naturerscheinung und jeder Geistesäußerung ist der Wille. Hier wird nicht das Princip der Identität, nur seine Fassung umgestoßen. Und genau diesen Gegensatz zu den genannten Philosophen bildet Schopenhauer.

Ein Gegner der Identitätsphilosophie in Fichte, Schelling und Hegel ist Schopenhauer mit dem Princip der Identität einverstanden, und ebenso damit, daß die Grundlage der Philosophie Metaphysik sey.

Ein Gegner aller Identitätsphilosophie, in welcher Formel sie auch erscheine, ist Herbart, aber darin stimmt er mit seinen Gegnern überein, daß die erste Wissenschaft, die Grundlage aller übrigen, keine andere seyn könne, als die Metaphysik.

V.

Ich stelle diesen so bezeichneten Richtungen eine andere gegenüber, die ihren Gegensatz in folgender Weise aussprechen möge.

Die philosophische Grundwissenschaft ist nicht die Metaphysik. Diese Erklärung kehrt sich gegen die Identitätsphilosophen und gegen Herbart. Die philosophische Grundlage gibt die Vernunftkritik. Diese Erklärung macht gemeinschaftliche Sache mit Kant.

Aber die Vernunftkritik ist keine metaphysische Einsicht. Sie kann und will es nicht seyn, wenn sie sich selbst richtig versteht. Die wahrhaft kritische Philosophie ist darum in keiner Weise Identitätslehre. Diese Erklärung geht gegen Reinhold, Fichte, Schelling und Hegel.

Was aber ist die Vernunftkritik, wenn sie Metaphysik nicht ist? Sie ist die Erkenntniß der menschlichen Vernunft und ihrer Vermögen. Diese Selbsterkenntniß ist nur möglich durch Selbstbeobachtung, d. h. durch innere Erfahrung. Erfahrungswissenschaft ist Naturlehre. Innere Erfahrungswissenschaft ist innere Naturlehre, d. h. Anthropologie, näher Psychologie, empirische Psychologie. Also die Vernunftkritik, die sich richtig versteht, ist Erfahrungsseelenlehre. Ihr Inhalt ist anthropologisch, ihre Erkenntniß ist empirisch. Genau dieß ist der Standpunkt von F r i e s.

Damit erklärt sich die Stellung, die Fries einnimmt. Er ist in der Forderung der Vernunftkritik kantisch. Wenn die Vernunftkritik nicht metaphysisch ist, so kann sie nichts anderes seyn als anthropologisch. Wenn ihre Einsichten nicht a priori sind, so können sie nichts anderes seyn als empirisch. Eben h i e r liegt die Streitfrage zwischen Fries und den kantischen Identitätsphilosophen. Daher die polemische

Stellung, die sich Fries vornehmlich gegen Reinhold, Fichte und Schelling gibt. Diese Philosophen standen ihm zunächst gegenüber, und auf sie concentriren sich seine Angriffe, die erst später auch gegen Hegel gerichtet werden. Dieser seiner polemischen Stellung ist sich Fries mit großer Klarheit bewußt gewesen, und seine darauf bezüglichen Schriften bilden zur Einsicht in seinen Standpunkt und den Grundzug seiner Philosophie ohne Zweifel eines der lehrreichsten und entschiedensten Zeugnisse. Da ich von diesen polemischen Schriften rede, so will ich doch im Vorüber-gehen bemerken, daß Fries in der Würdigung seiner Gegner stets wie ein Mann redet, dem man es anhört, daß es ihm bloß um die Sache zu thun ist. Selbst da, wo er sich im größten Gegensatz fühlt, ver-steht er die Bedeutung des Gegners und macht sie selbst einleuchtend mit einer ruhigen Anerkennung, welche beweist, wie wenig dieser Mann von einem kleinlichen und darum verkleinerungssüchtigen Sektengeiste befangen war. Ich habe die Stelle im Sinn, wo Fries von Schellings Naturphilosophie urtheilt: „sie sey die einzige originelle, große Idee, welche seit der Erscheinung von Kants Hauptschriften im Gebiete der freien Spekulation sich in Deutschland gezeigt habe. Hier," sagt er treffend, „wurde zum erstenmal seit der neuen Ausbildung der Natur-wissenschaften das Ganze der Physik mit einem Blick übersehen und vorzüglich diese Wissenschaft von jenem Erbfehler befreit, ich meine den Glauben an den Grundsatz: der Organismus lasse sich aus den immanenten, eigenthümlichen Gesetzen der Naturlehre nicht beherrschen oder ableiten, sondern man müsse in Rücksicht seiner zu einer Teleo-logie nach Begriffen seine Zuflucht nehmen. Schelling entriß zuerst den Glauben an die Einheit des Systems der Natur den Träumern und

Schwärmern und stellte mit Besonnenheit den Grundsatz auf, daß die Welt unter Naturgesetzen ein organifirtes Ganzes sey; er setzte somit den Organismus, welcher sonst immer nur ein beschwerlicher Anhang der Physik blieb, eigentlich in ihren Mittelpunkt und machte ihn zum belebenden Princip des Ganzen."

Nach Fries ist demnach die philosophische Grundwissenschaft nicht die Metaphysik, sondern die Anthropologie im Sinn der inneren Naturlehre, d. h. die psychische Anthropologie. Das ist die eigentliche philosophia prima. Auf dieser anthropologischen Grundlage ruht die Vernunftkritik, auf diese gründet sich die metaphysische Erkenntniß, das System der Philosophie in seiner Gliederung.

Die kantische Kritik wollte nicht anthropologisch seyn. Hier ist die Differenz zwischen Kant und Fries, und damit die Nothwendigkeit für Fries, die Vernunftkritik in seinem Sinne zu erneuern. Er that es in seiner „Neuen Kritik der Vernunft," die nichts anderes ist, als die anthropologische Umbildung der kantischen Vernunftkritik, zum größten Theil eine Uebersetzung der letzteren in die Sprache der empirischen Psychologie.

VI.

Wenn man den anthropologischen Grundgedanken der friesischen Lehre im Auge behält, so wird von hier aus deren Inhalt und geschichtliche Stellung vollkommen begreiflich. Fichte und Fries stehen nach entgegengesetzten Richtungen hin in einer nahen Verwandtschaft mit der kantischen Philosophie. Diese Verwandtschaft ist so groß, daß sie bis auf einen gewiſſen Grad die Selbſtändigkeit Beiber aufhebt und das Recht gibt, von einer kantiſch=fichtiſchen, einer kantiſch=frieſiſchen Lehre zu reden. Ja die frieſiſche Philoſophie iſt in ihren Materien der kan= tiſchen ſo ähnlich, daß man in den Unterſchieden beider kaum mehr als Modifikationen ſehen möchte, welche die kantiſche Lehre durch Fries erfährt.

Indeſſen macht die anthropologiſche Faſſung einen weſentlichen Unter= ſchied zwiſchen der alten und neuen Vernunftkritik. Iſt nämlich die Ver= nunftkritik lediglich anthropologiſch, ſo leuchtet ein, daß der urſprüng= liche Vernunftinhalt gegeben, daß er in unſerem Innern unmittelbar vorhanden ſeyn müſſe; es leuchtet ein, daß wir dieſen Inhalt nicht machen, ſondern bloß einſetzen; daß zu dieſer Einſicht die Vernunft ein Vermögen haben müſſe, kraft deſſen ſie auf ihre inneren Vorgänge reflectirt; daß dieſes Reflexionsvermögen nichts hervorbringen, ſondern nur das Gegebene beobachten, das Dunkle verdeutlichen könne, daß aber, um das letztere zu können, jenes Reflexionsvermögen die Fähig= keit haben müſſe, ſich willkürlich auf das eine oder auf das andere zu richten. Dieſes willkürliche Reflexionsvermögen nennt Fries den Verſtand, der alſo hier in keiner Weiſe Erkenntniß erzeugt, ſon= dern nur die unmittelbar vorhandene zum Bewußtſeyn bringt, ſich derſelben wiederbewußt wird. Darum behauptet Fries denen gegen= über, die, wie Fichte, das Philoſophiren für ein Produciren halten, daß unſere Verſtandeserkenntniß nichts ſey als Wiederbewußtwerden: ἀνάμνησις. Darum behauptet er denen gegenüber, die, wie Schelling, das Philoſophiren für ein intellektuelles Anſchauen halten, daß alle Philoſophie Reflexionsphiloſophie ſeyn müſſe.

Fries' Lehre vom Verstande macht die erste und wichtigste Ab=
weichung von der kantischen Philosophie. Sie ist durchaus entscheidend
für die Wendung, welche die friesische Lehre nimmt.

Die ursprüngliche Vernunfterkenntniß ist nicht durch den Verstand
gegeben, sondern sie ist dem Verstande gegeben; sie wird durch den
Verstand nicht gemacht, sondern deutlich gemacht, sie ist also früher in
uns als das deutliche Bewußtseyn, sie liegt im Dunkel der Ver=
nunft, und wir sind derselben inne durch das Gefühl. Daher die für
die ganze friesische Philosophie charakteristische Lehre vom Wahrheits=
gefühl. Hieraus erklären sich die Geistesverwandtschaften, in denen
sich Fries findet.

Der Verstand ist nach Fries für sich genommen leer. Hier geht
Fries zurück auf die Theorien von Locke und Hume.

Aber die menschliche Vernunft ist im Besitz ursprünglicher Er=
kenntnisse, die an sich dunkel sind und erst durch Abstraktion (Reflexion)
deutlich gemacht werden. Hier geht Fries zurück auf Leibnitz.

Dieses unmittelbare Erkennen läßt sich dem Gemeinsinn (common
sense) vergleichen, worauf Humen gegenüber die schottische Schule ihre
Erkenntnißtheorie gründen wollte. Hier vergleicht sich Fries mit Tho=
mas Reid und Stewart.

Dieses Wahrheits= und Einheitsgefühl der Vernunft ist zugleich
deren nothwendige Erhebung über die in Raum und Zeit ausge=
dehnte, darum unvollendete und unvollendbare Sinnenwelt, die Er=
hebung zur Idee des Vollendeten und Absoluten, zu der von Raum
und Zeit unabhängigen Ideenwelt: das religiöse Gefühl, der Ver=
nunftglaube, die einzige Weise, in der die Vernunft des wahren

Seyns inne wird. Hier ist die bedeutende Verwandtschaft, welche Fries mit dem Philosophen Friedrich Heinrich Jacobi, die unter den Theologen De Wette mit Fries eingeht.

VII.

So erleuchtet sich die friesische Lehre in ihrem ganzen Umfange aus dem anthropologischen Grundgedanken. So will Fries selbst seine Lehre beurtheilt wissen.

Ich fasse diesen anthropologischen Grundgedanken selbst ins Auge. Es ist die Frage: ob die Vernunftkritik anthropologisch ist und seyn darf?

Kant wollte durch seine Kritik darthun, welche Erkenntnisse die menschliche Vernunft durch sich hat: unsere Erkenntnisse a priori. Dasselbe will Fries. So ist die Vernunftkritik eine Erkenntniß der Erkenntnisse a priori. Aber diese Erkenntniß ist nicht selbst a priori. Die Erkenntniß des Transcendentalen ist nicht selbst transcendental. Sie dafür zu halten, nennt Fries mit einem oft von ihm wiederholten und fast technisch gebrauchten Ausdruck: „das Vorurtheil des Transcen- dentalen." Kant selbst hat dieses Vorurtheil gehabt und begünstigt. Fries nennt es auch: „das kantische Vorurtheil." Von Reinhold an wird es Princip der Philosophie und befestigt sich immer tiefer und weitgreifender in Fichte und Schelling. Daher die Richtung dieser Philo- sophen, ihr vollständiges Aufgeben der anthropologischen Grundlage, ihr Verlassen der kritischen Philosophie, ihre Rückkehr zum Dogmatismus. Also ist der Gegensatz zwischen Fries und den kantischen Identitäts- philosophen, auf seine Wurzel zurückgeführt, eine wirkliche, von Fries selbst anerkannte, Differenz zwischen ihm und Kant. Diese Differenz, von der alles Weitere abhängt, ist zu entscheiden.

Auf den ersten Blick könnte es gleichgültig scheinen, wie man die Vernunftkritik nennt, wenn man nur ihre Resultate bejaht und festhält. Was kommt darauf an, ob sie Metaphysik oder Anthropologie heißt? Und soll zwischen beiden Auffassungen gewählt werden, so scheint auf den ersten Blick die friesische bei weitem die einfachste und natür= lichste zu seyn. Ist nicht die Vernunftkritik menschliche Selbsterkennt= niß? Gibt es einen andern Weg der Selbsterkenntniß als den der beobachtenden Psychologie? Ist nicht alle Erkenntniß unseres Inneren eine psychologische Einsicht?

Der erste Blick ist nicht immer der richtige. Die Vernunftkritik sey, wie Fries verlangt, innere Erfahrung, empirische Seelenlehre, sie sey nichts Anderes. Alle ihre Einsichten seyen demnach empirisch, nur empirisch. Keine empirische Einsicht ist allgemein und nothwendig, keine ist a priori. Diesem Satz ist kaum jemals widersprochen worden. Kant hat in der Einführung seiner Vernunftkritik den größten Nach= druck auf diesen Charakter der empirischen Erkenntniß gelegt. Fries ist darin ganz mit ihm einverstanden.

Wenn nun die Vernunftkritik blos psychologisch und darum lebig= lich empirisch ist: wie können die Objekte ihrer Einsicht a priori seyn? Das möchte ich mir gern deutlich machen lassen! Sind aber diese Objekte nicht a priori, sind Raum und Zeit nicht Anschauungen a priori, die Kategorien nicht Begriffe a priori, so muß ich fragen: wo bleibt die Vernunftkritik? So weit sie kantischen Geistes ist, ver= liert sie nicht weniger als ihre ganze Geltung.

Fries entgegnet: was die Vernunftkritik entdeckt, ist a priori; aber die Entdeckung selbst ist a posteriori. Der Gegenstand ihrer Erkenntniß ist a priori, ihre Erkenntniß selbst ist empirisch. Darin eben liege das Vorurtheil, daß man meint: was a priori sey, müsse auch a priori erkannt werden. Auf diese Erklärung gründet sich die ganze friesische Lehre, ihre ganze Reform der Vernunftkritik. Diese Erklärung bildet geradezu die Spitze ihrer gegen Reinhold, Fichte, Schelling gerichteten Polemik.

Und eben hier liegt in der friesischen Philosophie das πρῶτον ψεῦδος. Was a priori ist, kann nie a posteriori erkannt werden.

Ueberhaupt weiß ich den ganzen Unterschied von a priori und a posteriori auf nichts anderes zu beziehen als auf unsere Erkenntniß. Ich verstehe nicht, wie unabhängig von der Erkenntniß etwas a priori seyn kann. Ich verstehe eben so wenig, wie in uns eine Erkenntniß a priori seyn soll, welche selbst nur durch Erfahrung erkannt wird. Ich gebe zu, daß unsere ursprünglichen Vernunftäußerungen, die allen Vorstellungen und Erkenntnissen zu Grunde liegen, daß Anschauungen wie Raum und Zeit, daß Begriffe wie die Causalität u. s. f. zunächst auf dem Wege der Erfahrung und Selbstbeobachtung von uns gefunden, daß wir auf diesem Wege zuerst derselben inne werden. Aber eines kann auf diesem Wege nie entdeckt werden: daß jene Vernunftäußerungen — es seyen nun Anschauungen oder Begriffe — a priori sind! Ich kann von der Causalität, von Raum und Zeit wissen, ohne zu wissen, daß sie ursprünglich sind. Eben hierin unterscheidet sich das empirische Bewußtseyn vom kritischen. Eben auf diesen Punkt, auf dieſes a priori, kommt es in der Vernunftkritik an, darauf kommt Alles an. Wenn die Vernunftkritik nur einſieht, daß in uns ſolche Anſchauungen, ſolche Begriffe vorkommen, d. h. wenn ſie dieſelben nur empiriſch findet, ſo haben ihre Entdeckungen grade den Werth ver= loren, auf welchen Kant alles Gewicht legt.

Kant und Fichte wußten wohl, warum jener ſeine Kritik, dieſer ſeine Wiſſenſchaftslehre durchaus nicht wollten für Pſychologie gelten laſſen. Waren ihre Einſichten nur pſychologiſch, und darum nur em= piriſch, ſo waren in demſelben Augenblick die Objekte dieſer Einſichten nicht mehr urſprünglich, und damit hatte das Unternehmen beider Philoſophen ſeinen Sinn verloren.

Was iſt Selbſtbeobachtung? Ich beobachte nur mich. Was ich in dieſer Beobachtung finde, hat zunächſt gar kein Recht, für Alle zu gelten. Wo bleibt die Allgemeingültigkeit der Reſultate? Ich verhalte mich in dieſer Beobachtung nur empiriſch. Was ich durch Erfahrung erkenne, darf und will keinen Anſpruch auf ſtrenge Nothwendigkeit haben. Wo bleibt die Nothwendigkeit der Reſultate? Wenn alſo die Vernunft= kritik nichts ſeyn will als empiriſche Selbſtbeobachtung, wo iſt noch die allgemeine und nothwendige Geltung ihrer Einſichten: wo bleibt, frage ich, ohne dieſe die Vernunftkritik? Sie muß in den Augen Kants ihre ganze Bedeutung verlieren, auch in den unſrigen.

Hier iſt an dem anthropologiſchen Grundgedanken die verwund= bare Stelle. Von dieſer Stelle hat auffallender= und zugleich begreif= licherweiſe Fries in allen ſeinen Schriften am wenigſten geſprochen, er hat in den früheren ſie nur flüchtig, in den ſpäteren gar nicht mehr berührt.

Das ist der Grund, warum ich die anthropologische Auffassung der Kritik nicht theile. Aus dem anthropologischen Grundgedanken erklärt und aus dem aufgezeigten Mangel desselben richtet sich die friesische Lehre, beides in ihrem ganzen Umfange.

Aber ich verkenne nicht, daß die anthropologische Auffassung der Kritik nahe liegt, und in die Entwicklung der kritischen Philosophie gehört. Es ist von großer Wichtigkeit, daß ein bedeutender Denker wie Fries sie annahm und durchführte. Aehnliche Auffassungen haben Andere neben ihm geltend gemacht; keiner, der an philosophischer Begabung ihm gleichkam. Das ist sein großes, geschichtlich denkwürdiges Verdienst, das ich in seinem ganzen Umfange anerkenne, über dessen fortdauernde, in unserer Mitte lebende Anerkennung ich mich aufrichtig freue.

VIII.

Die Frage, ob die Vernunftkritik metaphysisch oder anthropologisch seyn solle, ist ein echtes, in der Entwicklungsgeschichte der deutschen Philosophie seit Kant unvermeidliches Problem. Und der Geist der Philosophie lebt von Problemen. Jede Lösung erzeugt neue. Wo bleibt — höre ich fragen — die Wahrheit? Meint man, die allzeit fertige und ausgemünzte? Die Wahrheit, von welcher Nathan sagt: „Wie Geld in Sack, so striche man in Kopf auch Wahrheit ein?" Diese Wahrheit, welche der echte Geist der Philosophie nicht kennt und nicht begehrt, bleibe denen überlassen, welche die Säcke dafür haben: das sind die Sekten mit ihrem dogmatischen Gezänk, die Schulen und

die Schüler, denen es ziemt, ihre Meister zu loben. Ihre Wahrheit
ist wie die Münze. Der Meister ist wie das Bild auf der Münze.
Sie handeln mit den Gedanken, wie mit Zinsgroschen, und da thun
sie recht, daß sie dem Kaiser geben, was des Kaisers ist.

Was aber die Wahrheit in der Philosophie betrifft und in der
Mannigfaltigkeit ihrer geschichtlichen Systeme, so · ist mein Satz, den
ich gern und oft meinen Zuhörern wiederhole: wahre Probleme sind
auch Wahrheit!

Anhang.

I.

Berufung nach Jena.

Sr. Magnificenz

Herrn Professor Schnaubert d. Z. Prorector der Universität
zu Jena.

Magnifice

Wohlgeborner, Hochgelahrter Herr
Höchstzuverehrender Herr Professor.

Eur Magnificenz verzeihen gütigst, wenn ich bei meiner völligen
Unbekanntschaft mit den üblichen Förmlichkeiten und bei der weiten
Entfernung von Allen, die mir darüber rathen könnten, mich in
deroselben Person an die ganze Universität wende, derselben für die
gütige Mittheilung der Nachricht von meiner Denomination zu einer
Professur der Philosophie durch die durchlauchtigsten Erhalter der
Universität ehrerbietigst danke, melde, daß ich mit dem gewöhnlichen
Anfange der Vorlesungen in Jena zu sein hoffe und mich im Gefühl der Ehre, von nun an zu einem so ehrwürdigen Corps gerechnet
zu werden, dem gütigen Wohlwollen aller Mitglieder derselben
empfehle.

Mit nicht geringem Vergnügen ergreife ich diese Gelegenheit, Ihnen, hochzuverehrender Herr Professor, die besondere persönliche Hochachtung zuzusichern, mit der ich, vielleicht von Ihnen nicht gekannt, seit geraumer Zeit gewesen bin

Eur Magnificenz

wahrer Verehrer

Zürich den 2 April 1794.   Johann Gottlieb Fichte.

II.

Einführung.

Jena den 24 Mai 1794.

In consistorio publico

Ist der Herr Professor Fichte nach eingegangenen conformen Rescripten gewöhnlicher maßen installirt worden.

Nachrichtl.

August von Gohren.

III.

Sonntagsvorlesungen.

1.

Magnifice

Hochwürdiger Herr

Hochzuverehrender Herr Doctor.

Ohnerachtet der Inhalt des Rescripts über meine sonntäglichen Vorlesungen mit meinen mündlich darüber gehaltenen Verabredungen nicht übereinkommt, so habe ich doch keinen Anstand, mich der Gewalt zu fügen.

Das einzige bei dieser Veranlassung mir Angenehme ist die Gelegenheit, die ich dadurch bekomme, Sie zu versichern, daß ich mit ausgezeichneter Hochachtung bin

E. Hochwürden

Jena d. 23 November 1794.   gehorsamster Diener

Johann Gottlieb Fichte

2.

Sr. Hochwürden und Magnificenz

dem Herrn Doctor und Professor Schmid d. 3. Prorector der
Universität Jena.

Das gnädigste Rescript d. d. Weimar den 28 Januar a. c. die
von mir unter dem sonntägigen Vormittagsgottesdienste angefangenen
moralischen Vorlesungen betreffend habe ich erhalten und bescheinige
hierdurch den Empfang desselben.

Ich ersuche Eur Magnificenz den H. Mitgliedern des illustern
Senats meinen wärmsten Dank abzustatten für das laut des gnädigsten Rescripts mir ertheilte vortheilhafte Zeugniß und zu versichern,
daß ich keinen Anstand nehme, mit Freuden mich den Verfügungen
der obrigkeitlichen Gewalt zu unterwerfen; daß ich aber, indem der
in dem Rescripte bestimmte äußerste Fall mir wirklich einzutreten
scheint, von der gegebenen Erlaubniß Gebrauch machen und folgenden
Sonntag in der Nachmittagsstunde von 3—4 Uhr meine unter-
brochenen Vorlesungen fortsetzen werde, auch das Nöthige durch öffentlichen Anschlag an der schwarzen Tafel des nächsten darüber ver-
anstalten werde.

Der ich die Ehre habe, mit pflichtschuldiger Hochachtung zu sein

Eur Magnificenz

gehorsamster Diener

Johann Gottlieb Fichte
der Phil. öffentl. Professor.

IV.

Schreiben von Fichtes Hand in dem Atheismusstreite.

Sr. Magnificenz dem Herrn Prorector der Akademie,
Herrn Hofrath L o b e r. [1]

Magnifice Academiae Prorector.

Eur Magnificenz haben wir die Ehre hieburch zu melden, daß
unter dem heutigen Dato an die durchlauchtigsten Erhalter der Ge-
sammtakabemie Jena eine Bittschrift von uns abgegangen des Inhalts:
Dieselben möchten, um den Zeitverlust, der aus der Circulation
unserer Verantwortungsschriften gegen die Anklage, atheistische Aufsätze
verfaßt und verbreitet zu haben, ohne Zweifel entstehen würde zu
vermeiden, besonders da dieselben keineswegs einen gutachtlichen Bericht des akademischen Senats gefordert, uns gnädigst erlauben, diese
Verantwortungsschriften unmittelbar an Sie einzusenden.

Um nun durch Abwartung einer gnädigsten Resolution nicht selbst
der Absicht unseres Supplicirens gerade entgegen Zeitverlust zu ver-
ursachen, haben wir unsre Verantwortungsschriften selbst beigelegt und
wollen immer bloß und lediglich in dem Falle, daß unsere obige

---

[1] Lober, nicht Paulus, war zur Zeit von Fichtes Entlassung Prorector der
Universität; Paulus war damals Exprorector. Dieß zur beiläufigen Berichtigung
einer mehrfach wiederholten falschen Angabe.

Bitte gnädigſt gewährt werde, unſere Verantwortung daburch ab=
gelegt haben.

Wir verharren mit pflichtſchulbiger unb perſönlicher Hochachtung

Eur Magnificenz

Gehorſamſte

Johann Gottlieb Fichte
der Phil. D. u. orb. Prof.

Friebr. Immanuel Riethammer
b. Theol. D. unb Prof.

Jena 18 März 1799.

V.

Weimar den 3 April 1799. Abenbs 8 Uhr.

Dato läßt der Herr Prof. Paulus von Jena ſich bei mir melben
unb übergiebt den anliegenben Brief bes Prof. Fichte mit der An=
frage: ob nach bieſer Erklärung beſſelben nicht zu hoffen ſei, baß bas
Dimiſſonsreſcript abgeänbert werbe.

Ich bezeige ihm meine Verwunberung unb verſtänbige ihn, baß
bieſe kable Entſchulbigung bie Sache nicht um ein Haar veränbre.
Würbe inbeſſen der Prof. Fichte barauf provociren, ſo ſolle bieſer
Brief Serenissimo vorgelegt werben, wiewohl bies zu gar nichts
bienen könne.

Ferner frägt Herr Prof. Paulus, ob ich es für gut ansehe, wenn er persönlich Serenissimo aufwarte und eben das bezeuge, was der Brief enthält.

Ich antwortete, daß dieses eine ganz unnöthige Behelligung Serenissimi sein würde, nach meiner Einsicht; daß es ihm aber frei stehe.

Hierauf erklärt der Herr Professor, daß er es unterlassen wolle und nur bitte, den Brief Serenissimo vorzulegen.

Ich wiederhole ihm, daß dieses morgen geschehen solle. Womit der Herr Prof. wieder Abschied nimmt.

Nachrichtl.

G. Voigt.